星際傳訊 STU11007　戴世軒◆著

道西基地◆2

新事件▶地底下的全面戰爭

◆真實故事改編

New Herald in Dulce Base

A Total War Underground

推薦序一：離奇之至的真實事件？

呂尚（呂應鐘教授）

如果說這是科幻小說，會覺得寫的精彩，也太過離奇，情節不像發生在地球上，整套書就是一場從頭打到尾的地球人與外星聯軍的科幻大戰。

但是作者卻說這是真人真事的發生過程，若用真實事件這個角度來讀這本書，就是出版界非常罕見的華人寫作的精彩記錄，文字運用相當生動活潑，戲劇性十足。但也令人覺得寫的太過玄幻，太過悽慘，令人不敢相信人真人真事。

總的來說，就是一本各式各樣邪惡外星怪物在地球上犯下滔天大罪的故事，場景之殘酷像是活生生的當代地獄。而且還說到愛滋病毒是外星人有意散播來消滅人類的，還有一種外星灰人於二〇一九年將正式把一種病毒投放到地面，通過空氣傳播可以快速滅絕人類的病毒，讓我想起這二年來的新冠病毒。

小說中還提到整個美利堅共和國早已淪為了外星控制者的殖民地，也讓我想起影子政府陰謀論，似乎有跡可循。

不管如何，讀畢全書，內心相當沉重，為主角從頭到尾不懈的奮戰而激賞，內心充滿期待，希望有個圓滿的結局，方能消除沉重的感覺！

推薦序二：世紀之戰——道西戰爭駭人聽聞內幕揭秘

中國文化大學史學系兼任副教授——周健

現在，是科學時代的批判時期——
是我們人類對宇宙的第三次反動！
這宇宙不會有敵意，但也不友善。
它只是漠然而已。

——約翰・霍姆斯（一八七九—一九六四）

"This, now, is the judgement of our scientific age
—the third reaction of man upon the universe!
This universe is not hostile, nor yet is it friendly.
It is simply indifferent."

John H. Holmes (1879-1964)

話說人生有三部曲：青年人：懷疑一切，中年人：研究一切，老年人：相信一切。親愛的讀者，當閣下目睹幽浮和靈異現象時，是抱持何種心態？

人類流血流汗、殫精竭慮所塑造的數千年文明，因地外文明的介入，隨時會面臨瓦解，進而重鑄的命運。價值判斷的標準並非放諸四海而皆準，宗教信仰與政治主張堅持絕對真理，其他領域則多為相對真理。

古早以前，以外星人入侵地球為主題的科幻片，大概均被當作娛樂片，今日視之，恐怕過於天真。

地球是外星高等生物的實驗場，甚至流放地，或是中繼站，可算是大型的太空站。一神教皆認為神掌控人類歷史發展的脈絡，若角色對調，外星人是否充當隱形的上帝？

勿忘嫦娥女士是人類有史以來的第一位太空人，奇特的是未乘坐太空船，也未穿著厚重的太空衣，就能飛到月球。檢視各民族的神話，未曾言及有人直飛月球的事蹟。

本書具備許多研究幽浮的基本款：羅斯威爾事件、麥田圈、納粹德國、南極基地、心電感應、陰謀論、地球中空論、月球基地、蜥蜴人，可謂該有的都有了。

在雞不生蛋、鳥不拉屎的美國中西部地下，隱藏著天大的秘密，神秘指數可媲美內華達州的51區。

道西基地（Dulce Base）位於新墨西哥州與科羅拉多州交界的道西地區，阿丘利塔郡（Archuleta County）平頂山下，大平頂山（Grand Mesa）乃全球最大，可窺大自然的鬼斧神工。商人 Paul Bennewitz 最早透露有外星人在該地活動，他在阿布奎基（Albuquerque）曾攔截到，可能來自幽浮或外星基地的電訊。一九八〇年代，發現地下基地，以冷戰時期，地下飛彈基地作為偽裝，因可帶動旅遊業，故毫無顧忌地大肆宣傳。

外星人早已投胎到地球，似乎以來自曾有高度文明的火星居首，其次是跟地球人通婚（部分宗教提到神人結合的個案），等而下之，則是改造人類的基因，跟外星人同質化。

每個國家均有不可碰觸的隱形紅線。譬如在泰國若批評王室，恐怕會被判刑坐牢。日本是當代唯一保留年號的國家，是不是封建心態的餘孽？被革命推翻的歐洲皇室的後裔，不准從政，連相關的封號亦不准使用，以避免復辟，是否違反民主原則？

即使是在以民主國家典範自傲的美國，其實是白人至上論（white supremacy）和種族中心主義（民族優越感，ethnocentrism）作崇，只要揭發有關幽浮與外星人的不可告人的秘密，就會被「有關單位」追殺到天涯海角。民主並非萬靈丹（尤其是所謂美式民主），專制政體亦非一無是處。

威爾斯（Herbert George Wells，1866-1946）的《世界大戰》（宇宙戰爭，大戰火星人，The War of the Worlds，1898），是科幻小說的經典之作。以火星人入侵地球，並宰制地球為主軸。強大的美軍被打得毫無招架之力，眼看地球人將滅絕，豈料有奇蹟出現，這些章魚型的火星生物，竟感染地球的細菌而死亡，真是「天道好還」。

結論是繼續保持髒亂，才能消滅外星人。一八九五年，日軍入台之後的半個世紀，台灣同胞反日事件層出不窮，而日軍病死著竟多於戰死者。在蠱毒瘴癘的環境中成長的咱們，自然培養出強大的免疫力，卻使有潔癖的日本人水土不服，提早昇天。

傳聞外星人可能預知美國會成為強大的國家，故積極介入北美洲歷史的遞演，開國元勳似乎曾跟神秘的黑衣人來往。壹元紙幣背面的金字塔及國徽的設計，皆有外星人「指點迷津」的痕跡，在可預見的未來，美國似乎尚無亡國的跡象。

「一樣米養百樣人」，宇宙間的生靈，正邪並存，「害人之心不可有，防人之心不可無」（《菜根譚》），如只有在美國出現的天蛾人（mothman），竟然擁有讀心術，令人不寒而慄。

卡特（James Earl "Jimmy" Carter Jr.，1924-，第39任總統：一九七七—一九八一）在喬治

亞州州長任內，曾兩次目睹幽浮，並在相關文件上簽字認證。君不見美國部分總統候選人，在競選活動時曾公開宣示，一旦當選，會將幽浮檔案解密，但在上台之後，可能受到黑衣人的警告，多噤若寒蟬，即使是公開部分文件，但關鍵字多被塗黑。

外星人已跟人類混血，或來人間臥底，並非新鮮事兒。在大眾交通工具上聽到奇怪的語言，眼睛像蜥蜴，瞳孔可任意收縮者，可能「非我族類」。

地球中空論並非空穴來風，許多地方都有複雜的地道，有遠古時代造山、造陸運動所形成者，亦有人工挖掘者，但通向何處，不得而知。天上和地下常有奇特的怪聲音傳出，不知是未知的生物或機械發出者。

魔鬼氈、奈米晶片、克隆（clone）技術，均來自外星人。人類和恐龍一樣，都是地球的過客，未來是由何種生物統治地球，未可預料。天下第一奇書——《山海經》，乃世界地理的縮影，近已證實美國西部的內華達山脈與洛磯山脈的地貌，在《山海經》中均有精確的描繪。而更令人感到興趣者，是書中奇特的人類及古生物，是否真實存在過？山妖人怪、魑魅魍魎，可能並非神話。

吾人深知外星人的身高多在二公尺以上，有些手指有蹼，有些雌雄同體，亦有來自銀河系之外者，證明外星航空器必定超越光速。最有意思者，在外星人的「外」語能力，以會說英語者居多，次為德語腔的英語，未聞有會說華語者。

用光殺人（可參見《舊約全書》約伯記），三角形的幽浮違反流體力學原理，愛滋來自外星。美國政府跟外星人簽約，可綁架地球人，以建立基地，故美國人民最大的敵人是政府，而非中國。集一切神祕主義之大成的納粹政權，亦與灰人合作。地上是由人類統治，地下則是外星人的勢力範圍。幽靈通常呈現灰色，易跟灰人混淆。

現代的民主政治要有相當的透明度，人民有權知道政府的所作所為。如德國柏林的國會大廈，採用透明的圓頂設計，人們可直接在上方觀察會場的動態，即此寓意。令人印象深刻者，是能容納28名成人的超大電梯，上下速度極快，展現德國高科技的成就。

本書言及地下的世界有18層，跟宗教上的18層地獄撞衫，第七層是實驗室，多為地球上的失蹤人口（全球每年約達十餘萬人），其中99.3%是女人和孩童，0.7%是男人，外星人好像對男人興趣缺缺。外星人高230公分，身上有惡臭，體內無器官，而是靠皮膚行光合作用，汲取營養。

51區有九架幽浮，有灰人出沒，而道西基地竟然有37種外星人，以灰人和蜥蜴人為主。而研究外星人的科技，被稱為黑色工程，二戰之後，研究日、德集中營的作品，亦被稱為闇黑文學。

牛頓一生最主要的興趣在研究煉金術及預言，物理學居於次要。曾預言世界末日是查理大帝（查理曼，Charles the Great，Charlemagne，742-814）登基（800年）之後的一二六〇年，即二〇六〇年，何以出現「一二六〇」？因相關的手稿已被鎖碼，原因心知肚明。企圖自殺者，最好延期，在目睹世界末日的壯觀景象之後，再走也不遲。

本書透露許多駭人聽聞的內幕，持懷疑論（skepticism）者，大可高喊「信不信由你！」如：美國政府為發展高科技竟與外星人合作，殘害自己的同胞。外星人在地球上最大的根據地是俄羅斯的新西伯利亞（Novosibirsk）。外星人用人的屍體當作壁紙（令人作嘔！）。發現新地球中空論。可將人體分解成分子，在另一個時空再組合（科幻片已出現）。阿根廷和南極均有納粹的基地。有神通的人類可能是外星人的後裔。二〇九五年發明時光機器，100年之後，發生核戰，存活的人類不到一萬人。

假如搬上銀幕，拍成劇情片，會是驚悚片＋恐怖片＋戰爭片＋動作片，驚嚇指數破表，奇形怪狀的生物，恐怕兒童不宜觀賞，以免噩夢連連。展讀此書，除讓人目瞪口呆，還可能感到呼吸困難，忘記上洗手間，從頭到尾，一氣呵成，情節緊湊，高潮迭起，即使視為虛構的科幻小說，也不得不佩服作者才高八斗，創意十足。

一九七九年，卡特總統派出精銳的部隊大戰外星人，稱為道西戰爭，雙方傷亡慘重。目前，世界的人口已達79億，陰謀論者揭發強權國家研發新病毒，以消滅彼等認為是「累贅」的「異族」，二〇二九年，當可消滅部分的人類。但人算不如天算，萬一失控則會反撲到自己身上，結局就是同歸於盡，人類數千年所累積珍貴的文明，屆時將化為夢幻泡影。

推薦序三：一九七九年杜爾塞戰爭！是真？是偽？

廖日昇　地質工程師／全球趨勢觀察者
（二〇二一年10月於 Sunnyvale）

新墨西哥州的杜爾塞（Dulce 道西）確實是一個奇怪的地方。這是一個安靜的小鎮，坐落在新墨西哥州北部科羅拉多州邊境以南的阿庫萊塔台地（Archuleta Mesa 阿丘利塔台地）上。路過的遊客有時只看到一條邋遢的老狗懶洋洋地躺在土路旁，除了狗與偶然的行人，鎮上難得看到其他生物。一些人聲稱，在進入小鎮後，帶有深色窗戶的黑色車輛尾隨其後，直到他們離開市區範圍。

根據神秘人物布蘭頓（Branton）的信息，杜爾塞似乎是外星和地下爬行動物活動的主要通過點，地表操作的中央滲透區，以及綁架、植入、牛殘割議程的操作基地，它也是地下穿梭終點站的主要匯合點及 UFO 港口等。

據前杜爾塞基地安全官托馬斯・卡斯特羅（Thomas Castello）稱，這座特殊的地下城市是一個高度機密的基地，由人類以及爬行動物外星人和他們的工人組成。他們在這裡進行了大量的實驗項目，其主要工作是對被綁架的男人、女人和兒童進行基因實驗。

杜爾塞基地還有無數其他專業科學項目，包括但不限於：原子操作、克隆、人類超自然現象研究、高級精神控制應用、動物／人類雜交、視覺和音頻竊聽等等。新墨西哥州的杜爾塞確實是一個奇怪的地方，而其真實的面目是世界上第一個美國政府與外星人的生物遺傳學聯合實驗室所在，並在國家安全局（NSA）和中央情報局（CIA）的控制下得到高度保密。

UFO研究員約翰・羅德斯（John Rhodes）於一九九三年8月13日星期五在拉斯維加斯演講時，首次公開了杜爾塞基地第1層與第6層的平面圖。這些平面圖是從托馬斯・卡斯特羅交給其朋友的原件中復製而來的。

外星人使用上層的5、6與7層，那些較低的層次被托馬斯描述為一系列極其古老的天然洞穴，過去曾被不同的外星種族使用過。第5層是做為外星人住宅；第6層是做為基因實驗，它又稱「夢魘大廳」（Nightmare Hall）；第7層是做為低溫儲存。

托馬斯透露：第7層更糟，一排又一排的冷藏庫中庫存了成千上萬的人類和人類混種。這裡還有很多處於不同發育階段的類人生物的胚胎儲存桶。他說他經常遇到關在籠子裡的人，他們通常頭昏眼花或被下藥，但有時他們會哭著求幫助。托馬斯及其他工作人員被告知他們是沒有希望的瘋子，他們參與了高風險的藥物測試以治療精神錯亂。眾人被告知永遠不要試圖和他們說話。一開始眾人相信這個故事，但最終在一九七八年，一小群工人發現了真相，他們開始啟動了杜爾塞戰爭。

托馬斯的說詞最震憾人心之處是，杜爾塞地下基地不過是美國龐大地下穿梭網絡的一個站點，而其餘的站點則遍佈全國，它們縱橫交錯，就像一條無盡的地下高速公路。

據傳，一九七九年末杜爾塞基地曾爆發涉及人類與外星人的戰爭，這場戰爭的外力介入者是由卡特總統所派遣。[1] 戴世軒先生以該戰爭為背景，創作了《道西基地新事件：外星人綁架華人懸案》的小說。全書以二〇〇九年他在倫敦郊外同一個中國難民的對話，及後來一名中國年輕女性在美國失蹤為引點，一口氣勾勒出一段不可思議的故事。書中主角CIA的X部門領導—喬治．雷德蒙似乎有著目前仍蹲聯邦監獄的前CAT—3指揮官馬克．理查茲上尉（Captain Mark Richards）的身影，又兼具前政府結構工程師菲利普．施耐德（Philip Schneider）的味道（他倆都缺二指及最後都喪命）。

閱讀之際讀者並不須去考究以上「對話」內容的真偽或有無中國女性失蹤這檔事，畢竟這些只是做為小說的藥引子。重要的是有無「一九七九年杜爾塞戰爭」這回事？若無這回事，則本書的創作純屬天馬行空，不過是另一部現代武俠小說罷了。

杜爾塞戰爭是否僅是一場傳說？一些告密者首先報導了杜爾塞的軍事對抗，其中包括菲利普．施耐德，他曾在杜爾塞基地、美國的另一個地下基地和全球其他地下基地的建設中擔任地質與結構工程師。此外，有關這場戰爭的細節全文早就登載於由參戰人員馬克．理查茲上尉編輯，及由布蘭頓於二〇〇一年冬季出版的《杜爾塞戰役》的「地球防衛總部」技術簡報中。[2]

從參戰與牽涉人員名錄來看，許多人在《杜爾塞戰役》出版時尚還活著，這些人包括（但不限於）任務指揮官阿德．霍爾特空軍準將（Brigadier General H. C. Aderholt）、指揮軍士長哈尼少校（Command Sgt. Major E. L. Haney）、CAT—4 指揮官唐龍上校（Colonel R. H. C. Donlon）、羅伯特．特拉萊斯．赫雷斯將軍（General Robert Tralles Herres）、財務資助人亨利．羅斯．佩羅（Henry Ross Perot）與埃德溫．保羅．威爾遜（Edwin Paul Wilson）等人都是一九七九年末杜爾塞戰役的最佳見證人。更何況除了前政府結構工程師菲利普．施耐德外，還有杜爾塞基地前高級安全官湯馬斯．卡斯特羅的證詞[3]之支持，因此關於該戰役的真假是勿庸置疑的。

攻擊的目標發生在地下設施的最底層（即第7層）。這場衝突的確切原因（導火線）尚不清楚，但從各種證詞中可以看出，它確實發生了，並涉及大量死亡事件，其中包括美國軍事人員、杜爾塞保全人員和外星種族，及被關押的受害人。關於這一方面，小說做了生動的報導。

有興趣於了解一九七九年杜爾塞戰爭的前因後果，及進一步關懷人類未來命運的讀者，從小說閱讀做為入門磚可說是一個好開始。正如翻過《三國演義》再去讀《三國誌》，其間更能暢通無阻，瀏讀之際歷史真相或在其中矣。

註解：

1. Space Command – Project Camelot Interviews with Captain Mark Richards by Kerry Cassidy, 2013-2014. Interview 1: Total Recall – My interview with mark Richards, November 8, 2013。
https://www.bibliotecapleyades.net/sociopolitica/sociopol_globalmilitarism180.htm
Accessed 6/26/19
2. The Battle at Dulce. E.D.H. (Earth Defense Headquarters) Technical Brief.

Winter-2001 Edited by Captain Mark Richards, Published by – Earth Defense Headquarters

http://www.edhca.org/

Condensed and re-edited by 'BRANTON' with the permission of E.D.H.

https://www.bibliotecapleyades.net/offlimits/offlimits_dulce08.htm

Accessed 6/26/19

Note, this is a greatly condensed version of the 'DULCE BATTLE' Report…

The full 166 pages version of this — and other E.D.H. Research Reports — are available at http://www.edhca.org/12.html

3. Bruce Walton (aka Branton), Interview with Thomas Castello– Dulce Security Guard. In Beekley, Timothy Green, Christa Tilton, Sean Casteel, Jim McCampbell, Dr. Michael E. Salla, Leslie Gunter, Bruce Walton. Underground Alien Bio Lab At Dulce: The Bennewitz UFO Papers. Global Communications (New Brunswick, NJ). 2009, pp.93-134

推薦序四：切勿擦身而過，這是世上最頂級的絕密外星人事件！

香港飛碟學會 創會／現任會長——方仲滿

被喻為「地球最暗黑頂級揭密負面外星人真相」的美國杜西基地，早年我們認識的，是七層宏偉沙漠地底基地、數十族以蜥蜴人為首的外星住客、萬人工作的「外星-人類」上班族、人類史上最惡心變態的生化實驗室照片、百多個位處美國而延伸出全球千多個的地底跨族基地、連接鄰國的地下城隧道車系統、幽浮專家放出的確鑿證據、人類職員攻陷最底層的叛變拯救、外星暗黑勢力與天狼星人地底之戰「氣化蒸發」掉數十人類……近年新聞，包括數萬失蹤人口真正下落、廿載政府地質工程師正義揭發後的被自殺……

儘管証據多得不可能被掩蓋了，它仍能處在極高的保密狀態。杜西-究竟只是一個軍事基地，還是關乎地球命運的外星合作研究所？

從來，整個事件都非常「西方」，只有這次，有中國人的影子進入故事中……現在，邀請你享受一次擦身而過的天馬行空，然後再定論這絕密經歷！

自序

大千世界無奇不有，特別是我年輕時在英國留學那幾年，相對一切封閉的大陸，更是接觸到真真假假諸多難以辨別的事物，事實上，許多時候事實就擺在那裏，就看你以何種方式去解讀。由於我所在的是一個基督教國家，那裏的人們更願意將他們無法解釋的事情歸結於神的指示，但作為一個能獨立思考的人，在倫敦大學專研課程的同時我也會思考，如果上帝真有存在為什麼他只對美國情有獨鍾，美國立國不過二百餘年，按客觀規律絕無可能在百年間能成為世界霸主，就如同古代的日本，通過中國和朝鮮傳來的煉鐵技術用最短的時間就直接由石器時代過渡到鐵器時代，美國亦是如此，這一切若無外部勢力扶持絕無可能。

而我在倫敦期間發現哪裏還有許多比我還要激進的陰謀論者，他們認為外星人已經滲透到我們的社會，蜥蜴人，小灰人這些外星人出於某些原因，並不打算馬上接管地球，而是選擇在我們的世界扶持一個傀儡政府為其所用，這個國家就是它們的代言人，作為交換外星人會回饋一些先進的外星科技幫助這個國家強大，如晶片，克隆技術，隱形戰機……，但本著偏信則暗，兼聽則明。他們說的這些我並沒太上心，直到二〇〇九年在外倫敦我所住的 emgha 小鎮上邂遇了一個中國同胞，他給人的感覺35歲上下鬍子拉碴衣著也不是個講究的人，那時我每天回家前都要去小鎮上唯一那家 Tesco 超市購物，在那裏的長座椅上經常能見到他，由於住在鎮子上的中國人不是很多，一來二往我們就相熟了，之後在閑聊中，他說出的一些事情卻完全顛覆了我的認知。

他說自己正在躲避美國人追蹤，之前回大陸也被嫁禍陷害只好逃到這裏隱姓埋名申請難民，這一切都是因為自己曾和同伴們在一當地向導帶領下由暗穴進入到一個更為空曠洞穴，再由那裏潛進喚為「道西基地」的外星基地，去尋找他們在道西莫名失蹤朋友的下落，還自稱在那裏見到了兩架停靠的飛碟，一架三角形另一是雪茄狀，從與他交談中我知道原來道西基地真實存在，那裏周邊每年都會有人失蹤，有些人不久後回歸來卻已神志不清，有些失蹤者至今杳無音訊，記得當時他和我講了很多，大概半個月後我便沒有在 Tesco 中再見到他，不知是作為難民轉移到了別的城市還是被美國人找到了，總之我祝他安好，但他和我講的這些事情卻總以難以忘卻，便以小說形式將其中大部內情披露，不信者也可權作笑耳。

前言

在這個世上有些東西不管人們是否選擇去相信，它卻始終是存在的，因為事實就在那裡。

西元一八六五年，美國新墨西哥州戈壁沙漠上，儘管南北戰爭結束已為時兩個月，但在這裡零星的戰鬥仍在繼續，一身披淡藍色軍大衣的男人伏在馬上，任由胯下戰馬肆意馳騁。他的狀態不是很好，滿臉紮起的鬍鬚讓人無法分辨年齡。在先前的戰鬥中，他左腿中了槍，雙手卻仍牢牢緊抓馬韁繩，因為此刻這成了他可以逃脫的唯一機會。在身後不遠處，三名北軍騎兵縱馬緊追不捨，不時地朝空中鳴槍示警，卻沒有人急於一槍將目標打落下馬，對他們而言，享受這種圍獵的感覺似乎更重要，期間一名騎兵用誇張的語調大聲叫道：「湯瑪斯！難道你就想用這匹老瘸馬跑到墨西哥去嗎？我敢說它比你的祖母也快不了多少，哈哈哈……」

「讓我們快點了結這件事吧！」另一個肩上有尉官軍銜的小頭目提醒看上去有些得意忘形的同伴們：「這傢伙組織武裝殺了我們七個人，是上面指名通緝的重犯，我們已經追出來好遠了，實在不行就把他屍體帶回去，不然我們可能就真的要追到墨西哥去了。」

就在幾人搭槍準備瞄準之際，卻見目標一溜煙躥上了前方高坡，翻下馬跌跌撞撞跑進了一處巨大的洞穴。

「他跑不了了！」小頭目歡呼了起來：「我們進去把他抓出來！」

然而進入洞穴，眾人才發現事情並不像他們想的那樣簡單，他們順著崎嶇的石壁道走了好遠，除了在地面上發現一些湯瑪斯帶血的腳印外一無所獲。前方的視野開始變得越發昏暗，幾個人的心情也越發糟糕。

「我們真應該就一槍斃了他！」走在最前面的人一邊往前走一邊回頭向同伴埋怨起來，話音未落他一腳踩空尖叫著順斜坡滑了下去。

「見鬼！」小頭目慌忙從地上拾起一根木棍往上裹幾圈繃帶，從腰間解下扁平酒壺撒上朗姆酒，點燃後做成簡易火把，二人來到同伴滑落的地方將火把向下探去，發現離到底端還有一段距離，「去拿繩索，我們下去！」小頭目朝部下吩咐道。

當他們攀著繩索小心翼翼地下到最底端後，一眼就看到在地上蜷成一團的同伴，「媽的！我的腿……我受傷了。」他哀嚎道：「那傢伙肯定不在這裡！就算是他也已經被摔死了，我們快點離開這裡……」

暗中。

「住嘴！」小頭目不耐煩地呵斥一聲，他舉起火把環視四周，很快便發現不遠處岩石上搭著件有些眼熟的淡藍色大衣，那正是湯瑪斯的軍服，岩石下還有兩道血抓痕一直延伸進前方黑暗中。

「我想我們找到他了。」小頭上前拎起軍大衣轉身得意洋洋地展示給其他人看。

就這樣，二人一左一右攙扶起受傷同伴，跟著血痕向前走去，越往前走光線越暗，他們手中的火把也僅能照見周圍50米的範圍。一路上，受傷的士兵看上去像是受到了某種驚嚇，不停地向身邊人述說他聽到周圍有野獸低吟聲，但很快就被小頭目不耐煩地打斷了：

「羅傑，如果你能夠閉上嘴那將會有益於幫你節約體力，怎麼可能呀！這種地方哪裡會有野獸……」說到這兒眼前火把映射出的景物突然讓他忘記了接下來要說的話，那是他一輩子都不曾見識過的，一個類似橄欖球的巨大橢圓形物體橫跨在他們面前，黑暗中它的沿面泛起陣陣綠色螢光「這是什麼玩意兒……」小頭目倒吸一口冷氣不由自主感嘆道，與此同時隨著一陣「啪啪」由遠至近清脆的響聲，整個地方都被籠罩在了刺眼的白織光照射下，直到這時他們才看清四周環境，這裡像是刻意被人為修葺過一樣，越往前走路面越規整，前方呈水晶狀晶瑩剔透的巨幅牆面下停靠著一排類似他們先前見到的物體，有的猶如球形，更多的則像是巨型雪茄。

眼前的一切讓這些闖入者有些手足無措，以至於他們也顧不上組拿湯瑪斯，相互攙扶著轉身往外挪去。就在這之際，那呈銀白色光澤的橢圓物體沿面上突然閃過一個細長黑影，接著一個腦門凸起長有一副尖錐臉的類人生物低吟著從橢圓物體後轉了出來，它全身乳白色，身高近兩米，在它身後從那排物體間隙中又陸續走出了十幾個一模一樣的生物，它們看上去似乎十分生氣，張嘴齜出兩排利齒哈著熱氣，從四面八方圍上來將三個人類包圍在當中，走在最前面的一個生物擎起細長胳膊伸向他們，在這種情形下一名士兵被恐懼徹底沖昏了頭腦，他甩開受傷同伴搭在肩上的手，端起步槍瞄準了擋在前面的類人生物，小頭目見狀慌忙大叫一聲：「不要！」跟著上前欲去奪對方手裡的槍，但卻為時已晚了。隨著一聲槍響徹底劃破了洞穴中的寧靜，那些生物被徹底激怒了，它們晃動手臂亮出細長的尖甲爭先恐後地撲了上來，小頭目眼前所見的最後一幕是一副張著血盆大口的猙獰倒三角面孔。

「啊……！」隨著一聲淒厲的慘叫，鄭海濤一個打挺從床上坐了起來，黑暗中他能感受到的只有自己粗重的呼吸聲，這已不是他第一次做這樣的夢了，不知為何自從交了女朋友以後，鄭海濤總是隔三差五地夢見沙漠，穿著復古軍裝相互追逐的騎兵，以及黑暗洞穴裡那難以名狀的恐怖生物，為此他曾根據夢中對那些所穿軍服人的記憶查閱了《世界軍事百科》，發現與美國南北戰爭期間軍隊的著裝很像，他也曾將自己反復經歷的相同夢境半開玩笑地講給女友胡潔和死黨林春生聽，「你上輩子一定是參加過內戰的美國北軍！」林春生哈哈一笑調侃道，然而就在他們誰也沒有把這當回事的時候，鄭海濤的夢境卻開始變得越發真實了……

對話錄

個人將當年與道西基地外星人綁架華人事件的主角談論過程稍作描述，當事人本訪談錄中敘述當事人在文中全程以A標注，以下內容均出自我們那次的對話，十幾年過去了有些內容可能會有缺失，只能盡量回憶，也只能披露部分不是很重大的內容，其餘部分我會適度寫進小說中，我至今還記得那次見面他第一句話是這樣說的……

A：我可能在這兒也待不久了……

我：為什麼這樣說，是因為擔心你的case嗎？

A：那倒不是，在這裏其實黑下來更容易。還記得我和你說過我為什麼逃到這裏來嗎？那些美國人這一年來一直在找我，我在深圳還見過他們……本來以為躲到這裏能安穩一段時間，但近來我好像也在這裏見到他們了……

我：你應該是想多了，就因為你們曾進過那個洞穴他們就一直追蹤你？如果是那樣他們為什麼一直不動手？

A：因為他們可能是想一鍋端，他們應該是希望通過追蹤我慢慢找到那天進入那裏的其他人下落……

A：那個叫道西基地的地方並不是由美國人掌管的！那個帶我們由暗穴進去的響導回去後就死了，說是嗑藥過度，但我根本不相信，因為我相信我們在那裏面看到的東西足以讓一些部門殺我們滅口。

我：你都看到什麼了？

A：兩架飛碟！但不是傳統意義上我們會想到的那種，它們一個像雪茄前頭寬尾端很細，一個頂部三角形，下面和那個雪茄狀的差不多，都是銀白色。就停在洞穴裡一處很明亮的地方……那裡面還不止這些，我們還見到兩個穿迷彩服的美國士兵和一個小孩體型的外星人走在一起交流。

我：你們是在哪裡看到他們的？道西基地裡面嗎？

A：是的，第一層，那裡很多地方都安有監控我們進不去，只能在外圍一些地方活動，他們應該是沒發現我們，我看到那個外星小人喉嚨部位安著一個小儀器，應該是幫助它發出聲音的，他們都講英語。

我：那個外星人也說英語嗎？它穿不穿衣服？

A：是的，它嗓子很尖，有點像鸚鵡在說話，它全身白色的應該是光著的。

我：那就是說你們已經進入道西基地了，你們都去了哪裡？

A：我們到過一處停泊飛行物的空場，那裡還有很多和那個小個子一樣模樣的外星人，也有人類，他們應該是在一起工作。我還見到有類似警衛室的建築……

目次

第九章

西單詭影

從北京追尋到美國，憑的是對愛情的執著。從道西基地亡命到西單，卻是為了擺脫命運的束縛。

也不知過了多久鄭海濤才逐漸甦醒過來，但仍感覺頭懵懵地疼。他環視四周，發現自己正身處機艙裡，整個人被一根安全帶綁在座椅上。身邊的乘客都是中國人，座位過道上兩個穿國航制服的空姐正一前一後推著小車發放著飲料。

「乘務員，乘務員！」他忍不住大叫起來，待在工作區的空姐聽到呼喚馬上走到鄭海濤身邊，將一本夾著機票的護照遞過來輕聲說道：「先生，您醒了，感覺好點了嗎？這是您的護照，是護送您上飛機的美國老先生讓我們等您醒後轉交給您的。」

「我的頭還是很痛。」鄭海濤用一隻手撐著太陽穴喃喃自語著。跟著他像是又想起了什麼，拽住正要離去的空姐問：「我弟弟呢？我怎麼沒有看到他？」

「先生，您在說什麼呀，這裡就只有您一個人，您是坐著輪椅被老先生從特殊通道推進來的。對了，老先生臨走的時候還留下一封信，剛才忘記給您了。」空姐說著，馬上返身回工作區，取了信回來交給了他。鄭海濤接過信，顧不上頭疼腦脹，馬上展開讀了起來。整封信內容如下：

「鄭：

儘管我很想阻止這一切的發生，但我還是來晚了。也許你們在策劃這次行動的時候還不清楚自己到底在做什麼，在你們進入基地後我曾委託那裡的爬蟲人設法營救你們，但之後我就再也聯繫不上它們了。我不知你們是怎麼逃出來的，以前進入道西基地的人很少有活著出來的，就算僥倖逃出不久後也會死於非命，因為這個秘密要永遠地保守下去。我從聖喬治亞屠龍兄弟會的手裡把你救了出來，但很遺憾你的弟弟被他們擄走了。我會再想辦

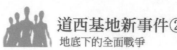

法。希望你回到中國後最好隱姓埋名躲藏起來，以免後續招惹到不必要的麻煩。回去後你不要再聯繫我，也不要再來美國，那裡對你已經很危險了，聖喬治亞屠龍會的人在找你，很有可能道西基地裡的統治者也不會放過你，總之還是希望你能夠一切順利。

你的朋友 喬治．雷德蒙」

看到這兒，鄭海濤狠狠地把信揉成一團扔到了腳下，他有種每分每秒都要抓狂的感覺，這次美國之行不但沒找回女友，連弟弟也牽扯進去了。他這番怪異行為引得周圍乘客連連朝他這邊看去。這時，機艙內響起了空乘員的廣播：

「尊敬的旅客朋友們大家好，感謝您搭乘國航CA1407航班飛機，由芝加哥前往北京。飛機已快要抵達北京首都國際機場，地面溫度26攝氏度，飛機正在準備降落……」與此同時，空姐們也走了上來，提醒乘客們重新繫好安全帶。在這種情形下，鄭海濤只好暫且壓制住自己的情緒，一切等降落再說。

半個小時後，當一腳邁入連接機艙的通道裡，他又回到了闊別多日的北京。沒有重回故鄉的興奮和喜悅，有的只是無限的失落。在機場等待入關的時候鄭海濤不經意看了一眼機票，一算時間才發現原來他們在道西基地裡已經待了差不多三天，也就在這三天裡讓他看到了一個不一樣的世界，徹底顛覆了鄭海濤以往的認知。那些古怪的生物，空中飄舞的白色幽靈、面目猙獰的蜥蜴人，仍舊像揮之不卻的夢魘，不時地在他腦海裡閃現。但是不知什麼緣故，他在道西基地的記憶卻變得時斷時續，一些細節竟有些對不上了，就像人們常說的那樣，他斷片了。

在搭車回家的路上，鄭海濤又仔細回憶了一下之前夢幻般的經歷，卻總有一種如夢初醒的感覺，「難道進入那裡後發生的一切都是我做的夢？」他忍不住自言自語起來。

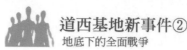

回到家後，鄭海濤脫褲子一掏，卻翻出了一些足以坐實自己曾去過道西基地的證據：卡文迪許的藍色磁卡，拴著鏈子的懷錶狀資料記憶體，還有一份揉得皺皺巴巴、留有地址的快遞單號。

但他此刻根本不想去看這些東西。他直接走到客廳角落裡把它們一股腦塞到了暖氣片後面，然後一頭撲到床上昏睡了過去。之後的兩天，鄭海濤整個人一直處於昏昏沉沉的狀態，不知是時差錯亂的緣故還是被注射的藥物還在起作用，就算他待在人頭緊簇的公共場所，卻還是會有種正置身於另一維度空間的錯覺。這期間鄭海濤找出了手機通訊錄中雷德蒙的電話，他多次嘗試聯繫對方，但每一次手機另一端都會在多次盲音後自動掛斷，雷德蒙就如同一陣水蒸氣，自此徹底在鄭海濤視野裡蒸發掉了，他唯一留下的東西就是最後寫給鄭海濤的那封信。

回北京後第三天，鄭海濤陷入了抑鬱狀態，他不敢和家裡聯繫，生怕父母問起弟弟的情況，也不敢回自己公司，因為那裡曾經是他和鐵哥們林春生喝酒賭玩樂的地方。他更不敢去想女友胡潔，和她一起失蹤的同事張楠、林珊珊、李燕霜的遭遇讓鄭海濤幾乎可以斷定女友已經不在人世了，在短短的時間內他失去了一切，就如同失去了整個世界。

就在這個時候，鄭海濤想起了道西鎮有過幾面之緣的員警傑夫，這也許是現在唯一能幫助自己的人了，但鄭海濤卻沒有他電話，為此他不得不嘗試翻牆搜索道西鎮警局的網站。在官網上鄭海濤發現了道西警局的 e-mail 地址，抱著試一試的態度，他按這個郵箱住址發去了一封信，信中除了希望能聯繫上傑夫以外，還闡述了弟弟鄭海瑞失蹤的情況，並在末尾留下了自己中國的手機號碼。

發完這封 e-mail 後不久，鄭海濤就不得不把此事拋到了腦後，因為在隔天早上八點多的時候，他家的大門第一次被員警叩響了。當時鄭海濤還睡得迷迷糊糊，頭一晚又失眠到淩晨四點才睡，當聽到門外回應自稱是員警後，他瞬間睏意全無，同時還有些不太相信，自己又沒犯什麼事，為什麼會有員警找上門。

隔著一道門，外面的人明顯已經等得不耐煩了，隨著砸門力度的增強，一個粗獷的嗓音響了起來：「鄭海濤是吧？別磨蹭，快開門！別影響員警辦案！」

「等等，讓我穿上褲子先。」慌亂中，鄭海濤一面胡亂把剛剛套上的褲子往上半身提，一面跳著腳向大門蹦去，一不小心兩腿鑽到了一個褲腿裡，絆得差點摔個跟斗。待門剛一打開，立刻從外面閃進來三個人，為首的一個剃了個平頭，年齡大概在四十五六歲左右，穿著黃色夾克，像女人一樣斜挎著一個LV的男款包，後面的兩個都穿著員警制服。還沒等鄭海濤開口，其中一個員警就先指著平頭介紹道：「這是朝陽分局的王隊長，我是這安莊派出所的民警，今天來找你瞭解一下你們先前去美國的情況。」

聽到這話鄭海濤心裡咯噔一沉，當初王肅、張薇是和自己一起出發的，如今卻只有他一人活著回來，而最麻煩的是這二人的死因就算自己如實說出，員警也會認定他是在編故事。在鄭海濤看來，與其告訴員警王肅是被一條巨龍怪獸活吞了還不如什麼都不說的好。

正在他想著該怎樣應對這些員警時，那個被稱作王隊長的中年人把臉一沉，朝他喝斥起來：「你他媽站這兒發什麼愣！把身份證拿出來，動作快點！」

鄭海濤不敢耽擱，連忙畢恭畢敬雙手奉上了自己的身份證，這是他第一次和員警近距離接觸，內心充滿了恐懼。王隊長一把抓過鄭海濤身份證，很隨意地扔給了身後穿制服的員警吩咐道：「查查這小子的底，看看之前有沒有犯罪記錄！」

望著眼前的這一幕，鄭海濤突然有一種很不好的感覺，「你們這是……什麼意思？」他弱弱地問了一句。

那個王隊長皺著眉頭，用手指朝鄭海濤肩上使勁一戳，不耐煩地說：「什麼什麼意思！你懂不懂規矩！哪兒那麼多話，員警辦案！這是我們的正常程序。」

聽對方這麼一說，鄭海濤不敢再吭聲了，靜靜地立在那兒恭候著，看著眼前的員警隨意在他房間裡亂轉卻大氣也不敢喘一聲。這時員警通過對講機核實完鄭海濤的資訊，向王隊長彙報道：「查過了，這人之前沒有問題。」

「嗯，知道了。」王隊長點了點頭，轉手將身份證還給了鄭海濤，用比先前平和一些的語氣對他說道：「聽說你們半個月前一起去了美國，當時你們一共四個人，都有誰呀？」

「我，林春生，王肅還有張薇。」鄭海濤如實地回答。

「很好！」王隊長滿意地點點頭繼續盤問：「但根據我們海關顯示，近期只有你一個人回來，其他人都沒回國，而且這些人裡張薇的家屬已率先報案說女兒失蹤了，還說他們當時是跟著你走的。」

鄭海濤一聽這話差點沒暈過去，他急忙替自己辯解：「員警同志，你可千萬別聽她父母胡說八道，我們是一起結伴走的，不存在什麼誰跟著誰走。」

王隊長冷笑一聲，用審訊嫌疑人的目光繼續從上到下打量著鄭海濤。從進門的那一刻，他那雙鷹眼就沒從鄭海濤身上離開過，「你要老實交代問題，知道我是幹嘛的嗎？朝陽分局刑警大隊的，以前就專門管兇殺分屍這一類案子，不死人的地方我都不出現，這次來就是先給你個機會，希望你能如實地說出其他人的下落，否則以後這列為失蹤案子，你就是第一個嫌疑人！」

說到這兒，王隊長停了下來開始觀察鄭海濤的反應。見鄭海濤不吭聲，便以為是自己的攻心術起了作用。

「那麼現在你可以說了吧，其他的人在哪兒？」

看著眼前這三個員警，鄭海濤知道這回要想過關無論如何也要搏一搏了。

「到了那邊以後我們就在新墨西哥州分開了，張薇和王肅去了德克薩斯然後我們就沒聯繫了，林春生現在還和我弟弟待在新墨西哥州，說是沒玩夠要多待幾天，我自己這頭公司有事就先回來了。」對於鄭海濤的這番解釋，王隊長顯然是不信，他掏出手機朝鄭海濤晃了晃，張口就罵：「你他媽騙鬼呀！你以為我們員警都是吃素的？這幾個人的手機號碼可是一個也打不通，你要再不老實，我可以先把你拘起來在慢慢找證據。」

此時，鄭海濤也不知是哪兒來的勇氣，馬上一句話把王隊長給頂了回去：「他們到了美國就都換了當地的號碼，你肯定打不通呀。」

眼看雙方談僵了，王隊長身後一個穿制服的員警馬上掏出手銬請示道：「頭兒，這小子不說實話，要不要先給拷回去？」

「不必！他跑不了。」王隊長大手一揮說。他瞪了鄭海濤一眼，意味深長地再次重申道：「小子！你知道我們的政策，抗拒從嚴，坦白從寬，所以你想明白了越早坦白對你就越好，我這次先不抓你，但並不表示你就沒事，等我們再來的時候，手銬、逮捕令可什麼都有了，希望你不要讓事情走到那一步。」

說完這話，王隊長也不管鄭海濤反應如何，朝跟著他的兩個員警擺擺手示意可以撤了。但在臨出門時，他又突然回過身朝鄭海濤問道：「我們在林春生媽媽微信上查看了林春生的朋友圈，上面最後一條內容是大概一周前發的，說是大家正在前往道西基地的路上，那是個什麼地方？」

鄭海濤一怔，他怎麼也沒有想到員警會問到這個事情，一時竟不知該如何回答，但當他眼睛不經意瞄到床頭牆上貼的《聚光燈》電影海報時，便馬上有了主意，「噢，道西基地是我們去的那個州當地一家最紅的club，就像北京的三裡屯夜店，春生特別好這口，所以到那兒不久他就拉我們一起去那裡泡妞。」

王隊長冷笑一聲什麼也沒說，帶著人轉身就走，出門後一回手狠狠地把門帶上了。而從對方的眼神裡，鄭海濤知道他們根本就沒有相信自己的話，聽著樓道裡員警們逐漸遠去的腳步聲，鄭海濤又一屁股坐回了床上，雙手捂住太陽穴將頭深深地埋在雙膝之中，此刻他已不願再去想任何事了，只恨沒有一個地方可以躲起來，讓這個世界徹底將他遺忘。也不知就這樣過了多久，鄭海濤才強迫自己搖搖晃晃地站起來，隨便找了件衣服套上就出門了。這時已經是中午十分了，火辣的陽光炙烤得大街上每個行人都來去匆匆，只有鄭海濤臉不洗牙不刷，蓬頭垢面在街上慢悠悠地閒逛著，他沿著燕莎主幹道一直走到三元橋地鐵站，他忽然好想去西單，那兒是他和女友過去經常逛街的地方。

此時地鐵長廊裡的人還不算多，鄭海濤在機器上買好票轉身正要走時，卻看到不遠處的柱子旁有一個西方人正朝著他笑，那怪異的笑容讓鄭海濤毛骨悚然，而對方的樣子又讓他貌似覺得在哪裡見過，可一著急卻又想不起來。

當鄭海濤刷卡進入月臺準備下電扶梯時，他看到那個似曾相識的白人也跟了進來，本能讓鄭海濤立即警覺起來，他快步跑下電扶梯，以百米衝刺的速度衝向月臺盡頭的廁所，到了那裡他看邊上沒人便一頭紮進了女廁所，嚇得不遠處正向這邊走來的清潔阿姨大叫起來：「哎——我說你這男的怎麼亂進女廁所！」好在廁所裡空無一人，鄭海濤隨便跑進一個隔間裡把自己反鎖了進去。大約過了四五分鐘，有人開始呼呼地敲隔間的門板，一個老太太扯著尖銳的嗓子喊了起來：

「出來！你還要不要臉！你再不離開我就叫員警了啊。」

鄭海濤見狀趕緊一面回應：「別，別叫員警，我走。」一面打開了門，跟著立刻圍上來三個婆婆媽媽們，戳著鄭海濤後腦勺跟在身後一路臭罵。此刻鄭海濤也顧不上這些，他跑出廁所環視四周，沒有瞧見那個試圖跟蹤自己的白人，但他還有些不放心，回身拽住一個正罵得起勁的阿姨問道：「剛才我進去後，有沒有一個黃頭髮藍眼睛的老外跟過來？」

被鄭海濤突如其來的這一問，大媽先是一愣，似乎有些沒反應過來，跟著點點頭說：「對呀！是有一個外國男的到這兒了，但人家進的可是男廁所！」聽到這話讓鄭海濤更加驗證了自己之前的判斷，恰在這時往西單方向換乘的地鐵開來了，鄭海濤忙疾步衝到月臺前，車門一開他就閃了進去。直到進入車廂裡，他才感到了一絲安全，這個時間點車廂裡的人也不多，他隨便找了個座位坐下，想要閉目養神一會兒，兜裡的手機卻響了起來，他沒看來電顯示就接了，而從電話那端傳來的一段帶著美式鄉村口音的英語卻讓他一個激靈，馬上從座位上站了起來，

「嗨，鄭，是你嗎？你給局裡留言說要找我，你現在在哪裡？」

是傑夫！鄭海濤內心一陣興奮，終於聯繫到他了，這時地鐵關門提示音滴滴地響了起來，為了怕車開動後沒有訊號，他急忙對著話筒長話短說：

「我在北京，是雷德蒙送我回來的，我和弟弟從道西基地逃出後遭到了聖喬治亞屠龍兄弟會的埋伏，我被注射了藥物，好在雷德蒙及時趕到，沒讓他們把我帶走，但我弟弟鄭海瑞卻被抓走了，希望你能幫我在那邊替我弟弟立案。」

「這個沒有問題！」電話那頭傑夫很爽快地一口答應了下來，「但我現在最擔心的其實是你。雷德蒙也真是的，他以為把你送回中國你就安全了，聖喬治亞屠龍兄弟見證會的人到處在找你，因為怕你把道西基地的秘密洩漏出去，他們也很有可能到中國繼續追殺你，在他們找到你以前，落在他們手裡的你朋友和弟弟還是安全的……」

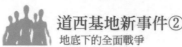

正說著，地鐵列車駛入了隧道，訊號一下中斷了。鄭海濤嘆了口氣，把手機揣入兜裡準備一會兒再給傑夫打過去。就在這個時候，他一抬頭卻不經意看到前方的車門處正站著一個與剛才跟蹤自己很相像的白人，由於他始終背對著車廂，鄭海濤無法看清他的臉，正當他想起身看得再清楚些時，車到站了，那個外國人也隨著門口的人群走下了車。

「難道是我眼花了？還是又是我的錯覺？」鄭海濤使勁地揉了揉眼睛。很快他就發覺那並不是錯覺，在外國人剛剛待過的地方遺留著一小片布料，那顏色讓鄭海濤看著很是眼熟，他急忙跑上前撿起來一看，不由地倒吸了一口冷氣，這不就是自己當時在道西基地第一層被歸化人扯掉的衣袖碎片嗎，難道……想到這兒，一股寒意頃刻間竄上了他的後脊，當列車駛到國貿換乘站時，鄭海濤趕緊下了車，他一面快步走著，一面緊張地環視四周，他突然覺得自己應該買把刀防身了。在前往1號線月臺的路上，鄭海濤又與傑夫聯繫上了。

「剛才什麼情況，怎麼突然斷了？」

「哦，我在地鐵裡，應該是過隧道沒訊號了，傑夫……我可能被跟蹤了。」鄭海濤遲疑了一下，還是把自己的懷疑說了出來。

「你確定嗎？那樣更糟，跟蹤你的是什麼人？」

「我感覺……他可能不是人！我們在道西基地第一層的時候，見過一些被迫與外星人合體的人類，灰人躲藏在人類軀體裡，平時他們看著和一般人無異，只有在特殊時刻，灰人腦袋才會從宿主的胸腔裡鑽出來，他們被稱為歸化人。當時我們遇到三個這樣的人，被我們當場打死了兩個，這次跟蹤我的人好像就是逃走的那一個。」

聽到這些，電話那端的傑夫先是一陣沉默，跟著突然問道：「好吧，鄭，你目前處境很危險，我這就訂票來找你。你現在在北京哪裡？」

在鄭海濤告訴了傑夫自己居住的區域後，傑夫又特意叮囑道：「你先不要回家了，到外面找一個酒店住下，把位置傳給我然後在那兒等我過來，哪兒也不要去，聽明白了嗎？」

鄭海濤嗯了一聲，剛要繼續往下說卻發現電話那頭又沒了動靜，再一看原來是手機沒電了。「可惡！」他狠狠地一跺腳，看來只有到西單後再找地方充電了。這一路上，他變得更加警覺，生怕再次被人尾隨。儘管如此，在西單站下車的時候，鄭海濤最不願意看到的事情還是發生了。通往A出口的左側樓梯上，他又見到了進地鐵時那個朝他怪笑的白人，而且這次鄭海濤一眼就認出了那人正是曾傷害過自己的湯瑪斯·傑瑞。此刻，湯瑪斯·傑瑞正站在樓梯高處眺望著下方一個個攢動的腦袋，鄭海濤急忙快步併入人群，朝右側的樓梯方向擠去。

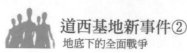

等他隨著人流好不容易上了樓梯，回頭一看發現湯瑪斯傑瑞也正向這邊趕來，嚇得他撒腿便跑，出了站口也不敢停留，直接朝前方正對的西單大悅城跑去。

這天正值週六，來大悅城的人不少，以一對對手牽手的年輕情侶居多，但眼下鄭海濤已沒有閒情逸致去關注這些，他一口氣衝入大悅城，嚇得門口的行人紛紛避讓。這時的鄭海濤整個人方寸大亂，他像無頭蒼蠅一樣在一樓大廳轉了半天，環看四周只覺得天旋地轉，一時竟不知該往哪裡去，稀里糊塗間他登上了大廳角落裡直達6層的電扶梯，在上升過程中鄭海濤還不時地往下看，生怕湯瑪斯追進來。

上了六層，這裡都是吃飯的地方，在路過一個道口時，鄭海濤看到一家餐廳後廚門虛掩著，裡面沒人。他四下看看趕緊推門走了進去，順手從砧板上拿起一把生肉刀，藏進了褲腰帶裡，直到這時他才有了一絲安全感。做完這一切，鄭海濤在六樓隨便找了家水果吧點了杯果汁，借用那裡的充電線給自己手機充電。等剛一開機他就迫不及待地把離自家不遠的一間快捷酒店地址發給了傑夫，他準備聽傑夫的話這幾天就住酒店。

正在這時一個電話打了進來，鄭海濤一看來電顯示是住他對門的鄰居，一接通電話裡就傳來鄰居大爺慌張的聲音：

「喂，濤子呀，你怎麼搞的，今兒你走後不久就有一群穿著黑風衣，戴墨鏡的老外找上門，點著名地打聽你，你是不是在外面惹上什麼事了？」一聽這話鄭海濤的心瞬間懸到了嗓子眼，他知道這是聖喬治亞屠龍兄弟會的人找上門了。他忙用顫抖的聲音追問道：「那你是怎麼和他們說的？」

「我還能怎麼說？就告訴他們你不在唄，喂，我說……」此時，鄰居大爺還在電話裡喋喋不休地往下說著，但鄭海濤已一句都聽不進去了。他默默地掛斷了電話，腦海裡亂成了一鍋粥，家是回不去了，外頭也有人追趕，看來自己真的被逼上絕路了。

一想到這些，鄭海濤的腦袋就脹得生疼，身體越發疲憊不堪，整個人就像被抽空一樣。儘管已經回來了好幾天，他卻依舊天天日夜顛倒，晚上睡不著，一到中午就想睡覺，再加上之前的過度緊張，一挨水果吧沙發，他的眼皮就開始打起架來，在這種情形下鄭海濤努力站起來，拖著沉重的步伐一步步挪到水果吧角落裡的長沙發旁，這個地方位於水果吧最裡面，外面的人從過道是看不到這裡的，相對安全些，他準備在這裡眯上一會兒。

鄭海濤頭一枕沙發靠墊馬上就昏沉沉地睡了過去，他做了個夢，還是在西單大悅城六層，不過整個通道空蕩蕩的一個人也沒有，他坐在一家叫江戶人家的壽司店裡，那是之前女友胡潔最喜歡拉他去的地方。突然，胡潔慌張地從門外闖入，鄭海濤一見激動地一下從桌旁站了起來，用顫抖的聲音呼喚著：

「小潔！你怎麼在這裡，我可總算找到你了，你不知這段時間我有多……」但就在他動情地向對方傾訴心聲時，女友卻聲嘶竭力尖叫著打斷了他：「快跑！……它來了，再不跑就來不及了，它已經到了！」

幾乎與此同時，兩道血痕順著胡潔的眼眶淌了下來，嚇得鄭海濤大叫一聲，暫時清醒了過來。他這一驚一嚇讓周圍的顧客都回過頭用看神經病一樣的目光打量著他。鄭海濤顧不上失態，從沙發上跳起來就急匆匆向外跑去，他剛到門口，就看到湯瑪斯・傑瑞正怪笑著朝這邊走來。

鄭海濤知道今天無論如何是躲不過去，乾脆豁出去和他拼了，也許自己才會有一線生機。但在這裡動手可不是個好地方，到處都是攝影機，他也沒任何準備，被拍到搞不好自己倒成了殺人犯。倒是大悅城對面的西單商場老樓那塊兒，他知道往裡走有一條老胡同，都是獨門獨院，平時胡同裡人跡稀少，那裡的攝影機也是壞的，如果自己偽裝好把歸化人引到那兒幹掉他，就算員警認出了兇殺案，可能一兩天也破不了案。

想到這兒，鄭海濤便加快步伐一溜小跑朝員工通道處的貨梯跑去，剛好電梯門一開，他一側身鑽進去，伸頭往外一看，見湯瑪斯在後面緊追不捨，才放心地將電梯降了下去。

他來到一樓，隨便找了家品牌店進去，墨鏡、帽子、圍巾也不管男女款一樣拿了一個，為了事後方便脫身，他又找了身套頭衫。結帳的時候，鄭海濤一抬頭看到大堂裡湯瑪斯正氣急敗壞地順著電扶梯從三層跑下來。他連忙戴好帽子墨鏡，將圍巾往臉上一裹，隨即衝出了大悅城。

一切仿佛都按鄭海濤計畫的那樣，他成功地將追殺自己的歸化人引了出來，為了怕對方跟丟，在上了天橋後，鄭海濤故意在橋上駐足了一會兒，直到讓湯瑪斯發現自己，他才轉身往天橋對面的西單商場方向跑去。

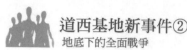

待鄭海濤進入胡同深巷，才發現那裡變得和自己印象裡有點不一樣了，胡同狹窄的過道兩旁家家門戶緊閉，路面到處都在施工，像是在鋪路，通往出口方向的胡同口還被封住了，在這種情形下，眼見歸化人就要追過來，鄭海濤來不及多想直接躲進胡同的拐角處埋伏起來，同時慢慢抽出了別在腰間鋒利的切肉刀。

漸漸地，他聽到了一連串腳步聲向這邊馳來，隨著聲音越來越近他，持刀的手也越握越緊，就在湯瑪斯傑瑞從拐角一側露出臉之際，鄭海濤屏足了氣一刀插進了對方喉嚨。但他忘了，他所攻擊的不過是一具皮囊，真正的宿主卻躲在軀體裡毫髮無損。湯瑪斯傑瑞被紮穿脖子後，腦袋暫且軟綿綿地仰天聳在了背上，但雙手卻一把拽住鄭海濤，用沙啞的嗓音操著英語叫道：「快說！你把那些爬蟲人交給你的東西藏到哪裡去了？快點交出來，不然我先挖掉你的眼睛！」

「東西？什麼東西？」鄭海濤一邊掙扎，一邊明知故問地大叫著，以趁機爭取更多的時間。「不要裝傻，是用一串細鏈拴著的小圓殼，你把它放哪兒了？」狂怒的湯瑪斯拽著鄭海濤領口繼續咆哮著，而這時鄭海濤看準時機順手一把從湯瑪斯脖子上拔出尖刀，使足勁對準他的胸膛再次紮了進去。隨著一聲慘叫，中刀後的湯瑪斯推開鄭海濤，捂著插在胸前的刀把向後踉蹌了兩步，歪歪斜斜地掙扎了好一會兒才栽倒在地上。這時一個騎自行車的行人哼著小曲從這裡路過，看到這一幕竟嚇得從車上摔了下來。鄭海濤也慌了，他上前拔出帶有他指紋的尖刀，低著頭順原路奪路而逃，逃跑途中他流利地脫下身上的衣服，隨手丟進一輛垃圾車裡，等他跑出胡同時身上早已穿著在商場買的衣服了。

但儘管這樣，他還是覺得不安全，跑下地鐵在廁所裡扔掉了帽子墨鏡等一切偽裝，又隨便坐了兩站，上來後搭了輛車一直往南開，中途又換了一輛後才叫司機開回他家附近。

他先去了選定的快捷酒店給自己訂好了房間，在前臺等鑰匙卡時，他看到牆上的掛壁電視正在插播即時新聞：「據本台剛剛收到的消息，兩個小時以前在西單商場後巷的胡同裡發生了一起兇殺案。據目擊者稱，作案人約三十出頭，男性，因全身遮裹嚴實無法辨認樣貌，死者身中兩刀，是一四十歲左右美國籍白人男子，其護照顯示他名叫詹姆斯・霍頓，是美國一家CNN電視臺的記者，至於兇手作案時使用的兇器目前尚未找到，警方已經……」

看到這裡，鄭海濤內心早已是驚恐萬分，他搞不明白，自己殺的明明是曾在道西基地裡差點掐死他的湯瑪斯傑瑞・傑瑞，怎麼電視一報導，死者卻變成了叫詹姆斯的記者。「難道是我殺錯人了？這幾天一直都處在恍惚狀態，不會是真把一個老外錯看成是從道西基地跑出來的歸化人了吧？」

一想到這些，他幾乎都快要暈過去了，豆大的汗珠順著太陽穴淌了下來，但當鄭海濤發現服務台的工作人員正在用奇怪的目光瞅著自己時，他馬上強迫自己恢復了常態。為了掩飾剛才不正常的反應，他故意朝剛盯著自己的女服務員叫道：「快點把鑰匙給我，我肚子憋不住了，都快拉了……」

一拿到鑰匙卡，鄭海濤趕緊像做賊一樣逃離了前臺，他來到自己房間脫衣服正要洗澡，腦海裡突然回想起之前歸化人拽住自己脖領時向他討要的東西。看他那副窮凶極惡的樣子，想必這東西一定對他們很重要。鄭海濤也記得，當爬蟲人把它交給自己時曾經說過，這東西對雷德蒙和全人類都很重要，而那麼重要的東西白己卻把它塞進了客廳角落裡的暖氣片後頭，再加上聖喬治亞屠龍兄弟會的人又剛剛找上門來，不知這東西是否還在那裡。想到這兒，鄭海濤突然覺得無論如何自己也要回家看一下，趁著現在已到傍晚，外面天已變黑，鄭海濤便壯著膽子回了趟家。一路上，他又忍不住往美國打電話，雷德蒙的手機依舊是語音留言。不僅如此，這次連傑夫的電話也關機了，想必此刻他應該正在飛往北京的班機上。

等鄭海濤走到自家樓下，一想到聖喬治亞屠龍兄弟會的人也許此時正埋伏在樓道裡，他就突然沒有勇氣上去了，但為了拿回拉蒂斯坦人想要的東西，鄭海濤還是決定冒一回險。他推開樓道門，手伸進腰間緊緊攥住刀柄，躡手躡腳地摸上樓梯，一路上他儘量不讓自己發出聲音，直到上到自家所在的五樓，望著空蕩蕩的樓道鄭海濤才鬆了口氣，但很快他就發現了不對勁，自家房門虛掩著，門鎖的位置好像遭人撬過，種種跡象都顯示自己家曾經被破門而入過。

正在這時，對門的防盜門打開了，鄰居大爺露出腦袋小心翼翼地四下看了看。見是鄭海濤，才鬆了一口氣說道：「哎呀你可回來了，今兒中午你走後，來的那幫外國人可凶了，他們說的好些外語我也聽不懂，看你不在就又是撬鎖又是砸門的，把我們嚇得。對了，你要我幫你報警嗎？」

一聽這話鄭海濤不由地有些哭笑不得，他很想給那大爺撂下一句話：「你早幹嘛去了呢？現在才來裝好心。」但想想又沒必要，便不再搭理看熱鬧的鄰居，推開自家門走了進去。回到家中，迎接他的卻是遍地狼藉，書櫃、桌子、茶几統統翻倒在地上，他所有的東西都被翻了出來扔得到處都是，組合沙發坐墊也被人為用刀劃出了一條條長口，不知對方到底是要找什麼。望著眼前的場景，鄭海濤深深地吸了一口氣，看樣子家裡是沒法待了，可因為下午西單的事情他又不敢報警，生怕這樣一來自己就送上門去了。於是，他決定先簡單收拾一下，帶走一些能帶的東西，回酒店等傑夫到了再做打算。他來到客廳暖氣旁往後一摸，還好藏著的東西都在。

「這幫傻逼，把我這兒翻了個底也沒找出來，真是群弱智！」他一邊嘲諷著，一邊快速將暖氣後面的東西一樣樣地掏出來，小心翼翼地塞進自己的口袋裡。接著，他又在地上隨便挑了幾件衣服找個背包裝進去，做完這一切後，他才退出屋子，臨走時輕輕地帶上了門。

接下來的兩天裡，鄭海濤都是在酒店房間的床上度過的，除了下樓吃飯他哪兒也不敢去，更不敢去看網上關於西單兇殺案的任何新聞，而傑夫也像是失蹤了一樣音訊全無。「不行，這樣坐以待斃下去遲早會被抓的！」終於，在第二天晚上鄭海濤下定了決心，他準備先回老家去躲兩天，等實在不行再考慮出國，畢竟除了美國之外，自己的護照上還有俄羅斯簽證還沒到期。

就在鄭海濤在前臺辦理退房手續的時候，一個陌生的號碼打了進來，鄭海濤看著桌子上震動的手機遲疑了好半天，還是一咬牙接了，讓他驚喜的是電話那頭竟然是傑夫。

「鄭，我已經到北京了，正坐在車上往你傳給我的定位地方趕。我快到了，你還在那裡嗎？」

「是的，傑夫！我還在，你怎麼現在才來呀，我都準備要離開北京了。」聽到傑夫的聲音，鄭海濤如同抓住了救命稻草，激動地叫了起來。

「我看你目前的處境最好還是乖乖地等我過來。我問你，西單的事情是你做的吧？我在你們國航飛機提供的英文版中國日報上看到了報導，你逃跑時的背影也被拍成了照片，和報導登在一起，不知中國員警怎麼想，反正我一看照片就知道那是你。」

「可是我殺的不是人呀！那其實是一具被外星人操控的皮囊而已。」一提到殺人這字眼時，鄭海濤馬上壓低了聲音，同時背起背包，一邊和傑夫說著一邊順著樓梯往外走去。

「可是員警不會那樣想，對方被發現時各種證件都是齊全的，總之如果你落到警方手裡，面對你的謀殺指控你是說不清的，不過……」說到這兒，傑夫故意賣了個關子。

「不過什麼？你快說呀！」此刻鄭海濤有些著急了。

「不過我剛才在網上又看到了英國《每日郵報》對此事的後續報導，據悉被你幹掉的那個叫詹姆斯的「記者」在停屍房裡躺了半天後就消失不見了。據監視器影片顯示，他是爬起來自己走出去的。」

聽到這些，鄭海濤非但沒覺得輕鬆，反而更加地緊張了，「原來那個歸化人沒被我殺死，那他一定會回來找我的！」他在心中暗想。而傑夫似乎同樣也不認為鄭海濤會就此無事：「但是你們中國的官方媒體是肯定不會對公眾報導這類靈異事件的，因為這個案子先前已經報導了，為了給公眾個交代，他們依舊會抓捕你歸案，把這個案子作為兇殺案繼續走下去。」

而就在傑夫在電話那端喋喋不休幫他分析案情的時候，鄭海濤卻看到門口好像有個黑影一閃就不見了，一股不祥的預感霎時湧上他的心頭，「傑夫，我得先掛了。」他對著手機說道：「一會兒你到了聯繫我，我好像又看到什麼東西了。」

說完也不等傑夫反應過來他就掛斷手機，轉身上了樓梯又跑回前臺那裡，此時不知為何服務台前空無一人，鄭海濤也無暇顧及這些，他繞到前臺的電腦旁，按介面的提示三兩下調出了五分鐘前快捷酒店門口的監控，果然在快轉到2分鐘的時候看到了一個酷似湯瑪斯傑瑞的身影在門口轉來轉去，但由於外面天黑再加上那人帶著一頂寬沿帽又低著頭，因此鄭海濤也無法確定監控拍到的這個人是不是他。

就在這個時候，他身後的樓梯口響起了一陣蹬蹬蹬的腳步聲。鄭海濤一驚，他知道一定是歸化人上來了。事到如今，也只有和他拼個魚死網破了。想到這兒，他拔出切生肉刀，躡手躡腳地繞到樓梯拐角口埋伏起來，只等對方上來就一刀刺向他的胸膛，而當樓梯口的人出現之際，鄭海濤馬上舉著刀大叫著撲了上去，卻被來人一個大背跨摔在地上，疼得鄭海濤躺在地上，捂著腰直吸冷氣，那把刀也被甩出一丈遠，同時一個熟悉的聲音在他耳畔響了起來，「你就是這麼對待老朋友的嗎？這就是你們國家歡迎客人的方式嗎？」

「傑夫！」鄭海濤一聽，顧不上疼，激動地一個鯉魚打挺從地上跳了起來，「不好意思呀，剛才我在監控裡看到那個歸化人已經追到這裡了，在這門口晃來晃去的，我還以為上來的是他呢！」

「可是剛才我過來的時候門口什麼也沒有呀。」傑夫說著上前拍拍鄭海濤肩膀，「你可能是太緊張了，總之我們先離開這裡，帶上你的護照跟我走吧。」

鄭海濤一聽不禁有些疑惑得問道：「傑夫先生，你不會是讓我跟你回美國吧？當地聖喬治亞屠龍會的人可一直在找我呢。」

傑夫聳聳肩，用美國人特有的方式回答：「有什麼區別？你以為你在北京就安全嗎？如果我沒猜錯的話，他們應該也到北京了，而且道西鎮警察局的郵箱早已被他們的駭客駭進去了，你給我們發的郵件有你家的ＩＰ地址。你要不走，找到你只是時間的問題，還有西單那檔事，中國警方應該就快要辨認出你了，到時候你落到他們手裡可不像被美國員警拘捕那樣有各種權利，進了中國警察局我保證你不出三天什麼罪都會認下。」

「那倒是！」聽了傑夫的分析，鄭海濤不得不由衷地承認他說得很有道理。

這時傑夫卻突然岔開了話題：「鄭，最近針對道西基地裡殘害人類的外星人，抵抗組織可能要有所行動了，不排除雷德蒙也參與了這件事，你曾經進過那個基地，如果到時候讓你提供幫助你願意嗎？」

「可以吧……」被傑夫突如其來的這一問，鄭海濤先是一怔，但想到女友也還在那個基地裡還沒找到，他便一口答應下來。

「那我們什麼時候回美國？」

「現在就走！我看看今晚有沒有票，我們先去機場。」傑夫說著，走到服務台前，彎腰拾起了鄭海濤從餐廳後廚偷來的切肉刀，在他面前晃了一下，「這就是你的武器嗎？」

「好了！我能搞到這個已經很不錯了，在我們國家買把菜刀都要實名制呢。」

「奇怪的國家！」聽到鄭海濤說的這些，傑夫又一聳肩，帶著他下了樓。

二人剛一出門就看到不遠處停著一輛打著雙閃的計程車，傑夫指著那車說：「這是我來時叫的車，我讓司機在這兒等我們，快上車吧。」說完便走到車尾拍了兩下車後蓋，示意司機把後車箱打開。但車內卻毫無動靜，只能隱隱約約地看到裡面好像是坐著一個人。鄭海濤見狀忙走過去一拉駕駛座的車門，裡面的司機卻一頭栽了出來，只見他滿臉是血，翻著白眼，死狀尤為恐怖。

「是你幹的嗎！傑夫？」見此情形，鄭海濤嚇得驚慌失措地叫了起來。

「當然不是！見鬼！你不要再問這麼幼稚的問題了！」此時傑夫也發現了屍體，面對鄭海濤的質疑，他氣急敗壞地矢口否認。

正在二人說話間，一個身影從不遠處的樹後面轉了出來，他的手上還淌著血，鄭海濤一見便指著對方大叫道：「這就是那個一直追殺我的歸化人！」

而傑夫則一頭鑽進車裡，坐在駕駛位置上朝鄭海濤喊道：「還愣著幹什麼？快上車！」

經傑夫這一提醒，鄭海濤才慌忙拉開車後座門爬了進去，他還沒坐穩傑夫就一踩油門，計程車像一匹失控的野馬一樣衝上了馬路。在車子身後，湯瑪斯以百米衝刺般的勁頭緊追不捨，那速度好像並不比計程車慢多少。

「天吶，他怎麼這麼能跑？簡直就不是人。」望著在車後緊追不捨的湯瑪斯，鄭海濤情不自禁地感嘆起來。

「別傻了，他本來就不是人！」傑夫一邊專注地開著車，一邊頭也不回地說。這時前方到了公路區域，傑夫便一轉方向盤將車開上了高速公路，但他們的運氣實在不好，上了高速沒開出兩步，就看到前方的車輛都排成長龍佇列堵在那裡，而湯瑪斯傑瑞這時也追上了高速公路橋。眼看離他們越來越近，在這種情形下，傑夫當機立斷拉開車門朝鄭海瑞叫道：「可惡！把車停這兒，我們走！」

「真的嗎？」聽到這話，鄭海濤一時還有些沒反應過來。

「那你有更好的辦法嗎？」

「太好了！我早就想這樣來一次了！」鄭海濤歡呼著，拎起背包跳下車與傑夫一起玩命地朝高速橋上坡方向狂奔過去。他們身後，是司機們狂按喇叭和絡繹不絕的咒罵聲。

就這樣跑了一段，鄭海濤已經累得上氣不接下氣了，回頭再看湯瑪斯傑瑞，對方卻依舊精神抖擻，追趕速度絲毫不減，而望著隔離帶對面高速上川流不息的車輛，鄭海濤忽然心生一計，他朝傑夫使了個眼色就衝上防護欄做出要翻越的舉動，湯瑪斯果然中計，衝上去一把拽住鄭海濤跨在防護欄上的腿。傑夫也衝了過來，他繞到湯瑪斯身後攔腰將他一把抱住，使勁往對面丟，鄭海濤忙配合著傑夫摟住歸化人雙腿一起發力，三人擠在隔離帶處扭成一團。就在這時湯瑪斯的胸膛炸開了，灰人濕漉漉的腦袋從裡面鑽了出來，傑夫顯然被這突如其來的場景給嚇住了，他手一鬆反被對方一把抱住。

「不要鬆手呀！快把他扔過去。」鄭海濤歇斯底里地大喊起來，但已經來不及了，歸化人摟著傑夫一起從護欄上摔到了隔離帶的另一側。

「Die！」湯瑪斯胸膛前的灰人腦袋不停甩動、發出低沉的吼聲，傑夫則看準時機一腳將他踹到了高速路上，剛好一輛巨型貨車大聲鳴著喇叭迎面衝過來，歸化人剛要爬起馬上就被捲到了車輪底下，碾得腦漿破裂。趁此機會鄭海濤連忙將傑夫拉回，二人就在司機們眾目睽睽之下逃離了高速公路。

「這個怪物為什麼要追殺你？」一路上，傑夫顧不得剛才的驚魂一刻，喘口氣就好奇地問起來。

「不知道，也許是看我不爽，或者是因為它想搶回爬蟲人託我帶給雷德蒙的東西。」鄭海濤說著將拴著細鏈的懷錶狀掛件從口袋裡掏出來，遞給了傑夫。傑夫則擺擺手道：「別給我，既然這東西這麼重要，到了美國你還是親手交給雷德蒙吧！」

就這樣，一個小時後二人搭車來到了北京首都國際機場T—3航站樓前，進到大廳後傑夫說了一句「我去櫃檯取票」就把鄭海濤一人撂下走了。而鄭海濤環視四周，看著其他乘客一個個興高采烈地從自己身邊經過，心中卻是說不出的滋味。「不知道今這一走，以後還有沒有機會再回中國？」一想到這兒，他的眼眶不禁有些濕潤了。與此同時，鄭海濤也隱約感到正是命運又把他推回美國，讓自己和道西基地再次緊緊連接在了一起。

第十章 小鎮驚魂

仍然擁有的彷彿從眼前遠去
已經逝去的又變得栩栩如生

《浮士德》

雷德蒙已經超過一周沒有收到道西基地裡爬蟲人線民的任何音訊了，在這之前爬蟲人曾許諾替他搞到灰人為取代人類制定的詳細計畫，儘管他對此早有心理準備，但高層政府的那些人卻很不以為然，道西基地裡外星人與人類的交流互動早已停止，可在俄亥俄州和51區，美國國防部的一些人還在定期與到訪的灰人頻頻接觸。也正因此，他發現自己在歐巴馬政府裡越來越不受歡迎了，他所領導的隸屬中情局分支、針對搜集外星人在地球活動情報的X部門，甚至遭到部分國會議員彈劾要求關閉。在這種情形下，雷德蒙已經開始考慮是否要更換盟友了。

而另一件讓他煩心的事情是，流亡俄羅斯的斯諾登近來不知受誰蠱惑，竟揚言要公開外星人在美國的一切活動，並宣稱美國政府早已變成了灰人的傀儡。此言一出，在網路上引起了不小的轟動，為了阻止斯諾登的進一步爆料，歐巴馬召見了雷德蒙，要他無論如何也要把這件事情壓下去。作為回報，他成立於卡特政府時期的X部門可以繼續存在，並按月領取經費。

他準備去一趟俄羅斯，但在這之前還有當地聖喬治亞屠龍兄弟會的事情需要他馬上解決，近來他們似乎搞得有些過頭了。然而出乎雷德蒙意料的是，對方竟自己找上門來了，就在送走鄭海濤的第二天，他在驅車前往道西鎮的公路上，被兩輛黑車一前一後地攔了下來，雷德蒙沒有慌張，他把車熄了火，給自己點上一支菸，泰然自若地坐在駕駛座上等待著。很快就有人敲響了他的車窗，雷德蒙摘了墨鏡把玻璃搖下，一個大光頭馬上探了進來，甕聲甕氣地朝他叫起來：「Hi，Boss！我們大長老要見你，所以無論如何今天我也要把你帶回去！」

雷德蒙呵呵一笑，拍了拍對方的禿頭說道：「那可正好，因為我也有事情要和米切爾談，你帶路吧。」說完，他便重新戴起墨鏡，做了一個讓大光頭前面開路的手勢。

米切爾·伯格身為聖喬治亞屠龍兄弟會第八十六任大長老已有二十個年頭，但很少有人知道他其實是個猶太人，二戰時年僅十歲就被納粹送入奧斯維辛集中營，冷戰時期為了替死在集中營裡的家人復仇，他加入了以色列摩薩德組織，全球四處搜捕納粹分子。也就是在這個過程中，他在阿根廷繳獲了一批希特勒勾結灰人研製納粹飛碟的陳年檔案，自此他的後半生便被完全改變了。離開摩薩德後米切爾申請移民去了美國，在那裡加入了聖喬治亞屠龍兄弟見證會，並一直待到了大長老的位置上。

雷德蒙與他平時關係還不算壞，屬於可以說得上話的那種，但近來因為姓鄭的中國兄弟倆的事情，雷德蒙是徹底得把屠龍會給得罪了。很快，兩輛黑車挾著雷德蒙的座駕，開到了道西鎮上高聳著十字架的唯一教堂前。雷德蒙停好車，不用人引路就輕車熟路地向教堂走去，把那些帶他來的人遠遠甩到了後面。聖喬治亞屠龍兄弟見證會總部就設在教堂的下面，而雷德蒙已不是第一回拜訪這裡了。

看到雷德蒙進來，奉命恭候在那裡的神父急忙跑到大廳中央聖壇前，輕輕一觸隱匿在下方的機關，只聽一陣匡噹噹的響動聲，整個聖壇錯到了一旁，一個延伸到地下的樓梯口在原來的位置處顯現出來，雷德蒙紳士地朝神父打了個招呼便直接走了下去，在下方的樓梯口又有兩個聖喬治亞屠龍會成員等在那裡，他們全身從頭到腳裹著亞麻布製成的大衣，披著斗篷，臉藏在如鳥嘴狀的面具後面。每次看到這一幕，都讓雷德蒙想起中世紀黑死病肆虐時期的鳥嘴醫生。

二人禮貌地朝雷德蒙點了一下頭便轉身自顧向前走去，雷德蒙跟在他們身後很快就被引到了屠龍會的聖殿中央。一處高高壘起的看臺，四壁雕刻著中世紀騎士與惡魔作戰的各種場景，而壁畫中的惡魔看著與蜥蜴人如出一轍，在看臺腳下有一個被挖成六角星形狀的渠壑，凹陷處都撒滿金粉，從遠處看顯得尤為壯觀。米切爾就坐在看臺上，他穿著一身帶斗篷的黑袍，眼睛遮在陰影下，在他身後立著兩個手持長柄鐮刀的鳥嘴面具武士，其裝束與給雷德蒙帶路的人完全相仿。雷德蒙走到看臺腳下，立刻有一人上前阻攔，示意他不要在往前走了。這時，從看臺上傳來了一個蒼老的聲音：

「雷德蒙，我的朋友，我一直很尊敬你，也知道你為守護道西基地做了很多事情，可為什麼這次你要插手中國人的事情？」

雷德蒙冷笑一聲，抬頭看著高高在上的大長老米切爾朗聲說道：「說到中國人的事情，我倒想問問閣下，你是否授意手下綁架了兩個中國人？你們這麼做已經觸犯法律了，希望您能趕快將他們釋放，他們的媽媽還在中國等著孩子回來。」

「他們再也見不到自己的媽媽了，等我派去的人抓到第三個中國人，他們仨人就會被重新送回道西基地交給拉蒂斯坦人處置，畢竟這是當初雙方的協定，我們不能違約。我絕不會因為三個中國人去引發與道西基地外星人的戰爭。雷德蒙，我知道你把最後漏網的那個中國人偷送回中國了，我勸你不要再插手了，你是救不了他的，我們的人已經過去了。」

「長老閣下，在道西基地的問題上，您為什麼總是這麼一廂情願呢？根據近期我從基地內部獲取的情報來看，灰人一直在積極備戰，為取代人類它們還制定了一系列的計畫，雖然我們能從灰人那裡獲得一些類似晶片之類高科技的小恩小惠，但它們絕不是美國的盟友，當初它們能拋棄納粹，現在也一樣可以這麼對待我們！」

說到這兒，雷德蒙有些著急了，說話時不由地提高了嗓門。

「證據！我要證據！雷德蒙，你需要用證據來支撐你所說的內容，這樣才可以說服我！」

此時，米切爾．伯格也激動地咆哮起來。

話到這份上，雷德蒙知道再說下去也沒什麼意義了，便彎腰朝看臺上的米切爾鞠了一躬說道：「既然這樣，那等我拿到證據後再來見你，我相信不會很久的，在這之前我要先去趟俄羅斯見見我們的斯諾登先生，先告辭了。」說完，喬治．雷德蒙便轉身大踏步如入無人之境一般向外走去，旁邊鳥嘴面具武士想要阻攔，被米切爾輕咳一聲制止了。

就在喬治雷德蒙離開美國的四天後，鄭海濤與傑夫乘坐的班機抵達了新墨西哥州機場。

「那麼接下來我們該怎麼辦？你有什麼打算？」飛機滑行降落後望著窗外逐漸定格下來的景物，鄭海濤推了一下身旁用牛仔帽蓋住臉，還在昏昏欲睡的傑夫問道。

傑夫從臉上取下帽子，揉揉眼睛不緊不慢地說：「當然是要先找到雷德蒙，只有他才可以救出你的弟弟。順便問一下，鄭，你們在道西基地有沒有找到灰人的實驗室？就在第七層，聽說灰人在那裡研製了上百種針對人類的致命病毒，愛滋病毒就是從那裡流出來的。」

鄭海濤一聽不禁啞然失笑道：「你說第七層的事情我哪裡會知道，事實上那次我們也是太高估自己了，我們七個人剛下到基地第二層就死得只剩下我和我弟弟了，根本就無法繼續往下走。如果我們不及時逃出來的話，所有人都得交待在那裡。」

鄭海濤這番話說完，傑夫就不再做聲了，似乎是在思索著什麼，過了一會兒他才像記起什麼似地朝鄭海濤說：「另外，鄭，之前忘和你說了，其實在你們進入道西基地後不久，我就被威爾遜那個老傢伙給停職了。」

「什麼？！這麼說你已經不是員警了？你怎麼不早說？」聽完傑夫這席話，鄭海濤不由地大吃一驚。

「這有什麼區別？」傑夫一攤肩膀，對此似乎看得很開，「威爾遜藉口有人指控我洩露道西基地的事情給外人，讓我暫時停職三個月，這段期間我在國民自衛隊找了一份工作，比局裡要輕鬆，就是輪番要去邊境協助員警搜尋偷渡的老墨，後天我就又得去一趟，大概兩天就回來，你可以訂個酒店先到鎮上四處轉轉，等我回來在一起去找雷德蒙。」正說著，他腰間的手機響了，傑夫接通後聽了一會兒，放下手機面帶歉意地對鄭海濤道：「剛有同事請假了，上頭讓我替他，看來我今天就得去邊境了。」

就這樣，傑夫驅車把鄭海濤送到道西鎮上後就自行離去了。此時已將近晚上，鄭海濤斜挎著背包，一人孤零零地遊蕩在小鎮街道上。不同於中國，國外的小鎮一到下午四點後就猶如死城一般，路面上所有的店鋪都拉簾打烊了，只有一家印度阿三開的炸雞店門口還亮著open的標誌，這裡沒有24小時便利商店，甚至都沒有麥當勞，鄭海濤不禁由此感嘆，如果把自己撂在這裡單獨生活上三天非瘋了不可。就在這時他隱約聽到一陣喧鬧聲從前方一處亮著霓虹燈的建築裡傳出，放眼望去，原來前方正是他們第一次來時入住的「holiday town」旅館，這家店還是老樣子。到了晚上，鎮上所有的男人都聚在旅館樓下的小酒吧裡喝酒，一切都是那樣的熟悉，熟悉的面孔、熟悉的音樂，唯一不一樣的是現今他又一個人回到了這裡，昔日同來的夥伴非死即失蹤。此刻，鄭海濤不想再走了，他的的確確是累了，他準備這幾天就住在這裡等傑夫。

他的運氣不錯，儘管已經過了 check-in 的時段，但一進來便在這裡找到了空房，在用 visa 信用卡刷房費的時候，他手機上收到了一條銀行資訊，提示這個季度的信用額度已經快到頂了。這不禁讓鄭海濤嚇出了一身冷汗，之前在 old billy 吧招募雇傭兵的時候用的就是這張卡，2萬美元一刷就出去了，直到收到訊息的那一刻他才回想起來這些，這張卡額度一超過馬上就不能用了，而這次走得急，在國內也沒換美元，其他信用卡也沒帶在身上，如果這兩天還是找不到雷德蒙，自己很有可能就要露宿異國他鄉的街頭了，一想到這些更是讓他徒增煩惱。回到房間，鄭海濤早已是心亂如麻，他坐在床上玩弄著手機，下意識地又按下了喬治雷德蒙那欄的呼叫鍵，這幾天他早已養成了習慣，就算知道無法接通也要每天給雷德蒙撥幾次電話，而這一次，隨著三聲嘟嘟等待聲後，電話竟然接通了。

「喂，鄭，是你嗎？不是說了嘛，沒事最好不要給我打電話。」電話那頭傳來了雷德蒙熟悉的聲音。

此刻鄭海濤就如同他鄉遇故人一樣，抱著手機激動地叫嚷起來：「雷德蒙，事情很緊急，我又回到這裡了，是傑夫帶我回來的，但是我這次出發很匆忙沒換美元……」

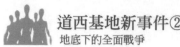

「等等，等等，你慢點說。」見鄭海濤說地有些語無倫次，雷德蒙馬上打斷了他，「這條線老是有監聽，你先掛掉，我馬上換個號碼打給你！」

鄭海濤掛了機，果然半分鐘後一個未知號碼打了進來。

「你說你又回來了，是指道西基地還是哪裡？」

「就是道西鎮，我今天到這裡，現在正住在鎮上的一家旅館。傑夫有事先走了，就剩我一個人。」

「可是我不是寫信告訴過你嘛！讓你不要回來，這裡對你很危險，你為什麼就不聽勸呢？」得知鄭海濤又擅自回來後，雷德蒙不禁生氣地質問起來。

說到這件事鄭海濤也是一肚子委屈：「我回北京後更糟糕，差點連命都沒了，屠龍會的人把我家給搜了，有一個我們在道西基地裡沒打死、灰人與人類合體叫湯瑪斯的也跑出來到北京四處追殺我，我一自衛馬上就被媒體報導成殺人犯，現在北京警方那裡估計我還是在逃身份，給你打電話總是沒人接，最後我聯繫上傑夫好歹才又回到這裡。」

聽完鄭海濤這一席話，雷德蒙也是吃驚不小：「你剛說追殺你的那個人是湯瑪斯．傑瑞？你沒搞錯吧，他們以前都是常駐道西基地的科學家，79年道西之戰時都被特種部隊當做敵方給誤殺了。」

「我沒搞錯，在道西基地時我看過他身上別的胸牌，就是那個名字，而且我們還找到了一本日記，是一個叫漢考克的人寫的，裡面記載那些科學家沒有死，而是被灰人秘密拘押，要求他們歸化，不歸化的一率處死，歸化的人類軀殼就成為了灰人的宿主，最後連日記作者也變成了那個樣子。」說到這兒，鄭海濤想了想又補充道：「我估計它們這次派那個叫湯瑪斯的不遠萬里追殺我，就是因為這趟道西基地之行我知道了太多那裡的秘密，而且它們還想要你的外星線民託我轉交你的東西。」

雷德蒙一聽鄭海濤提到的東西，立刻激動了起來：「東西？原來爬蟲人把它交給你了，那東西現在在哪裡？」

「還在我這裡，我隨身帶著呢。」鄭海濤說。「是一個拴著掛鍊、圓狀懷錶殼一樣的東西嗎？」

「難怪呢……」雷德蒙在電話那頭喃喃地自言自語著：「我還說它們怎麼這麼久都杳無音訊呢，原來它們已經搞到了。」

「可是它們都已經死了，雷德蒙先生。我親眼看到的，是蜥蜴人把它們都殺了。」

「好吧，鄭，我現在還在俄羅斯出差，但那邊的事情已經處理完了，我訂明天晚上機票，大概後天才能到新墨西哥州，你待在鎮上別亂跑，把你住處告訴我，明天我會讓屬下給你打電話送500美元給你，不過你不要再像上次進道西基地那樣，一切等我回來再做打算，還有爬蟲人託你帶給我的東西保存好，除了我誰要也別給！」

「ＯＫ！」鄭海濤一口答應下來。

「你自己要小心點，除了聖喬治亞屠龍會，這個鎮上也有替灰人做事的耳目，我會儘快趕回來的。」雷德蒙說完便掛了機，鄭海濤把手機扔到一邊，張開身體擺了個大字躺在床上，心中輕鬆了不少，至少這幾天食宿解決了，這時他突然記起兜裡還有一張在道西基地第二層、被關押女孩交給自己的快遞單，「明天拿到錢可以租輛車，按單子上住址去那裡看看。」想到這兒，一股睏意漸漸襲上心頭，很快他就昏沉沉地睡了過去。

當第二天清晨、第一縷陽光剛透過窗戶照在鄭海濤身上時，一陣手機響鈴就把他吵醒了，此刻鄭海濤睡意正酣，被這麼一吵，他只得坐起來揉著朦朧的雙眼、罵著娘去接電話，卻全然不記得昨晚雷德蒙託人和他聯繫的事情。

「是鄭先生嗎？再過二十分鐘你到鎮上的 York Park（約克公園），我就坐在入口一個拐彎路燈下的長椅上等你，雷德蒙讓我送些錢給你，我戴遮陽帽、圍一條綠圍巾，你進公園後就會看到我的。」

接到這個電話後，鄭海濤馬上來了精神，他三兩下穿好衣服，以最快的速度飛奔出門，按著手機導航一路小跑奔向約克公園。等他到了公園門口一看錶，正好剛過二十分鐘，此時早上氣溫還低，鄭海濤都能看到自己哈出的冷氣，這個季節去公園的人也不多，老美不像中國人有事沒事都愛往那裡鑽，人家除了跑步一般不進去。鄭海濤踏入園後沒走兩步，果然在拐彎處看到一個戴著鴨舌帽、脖子上掛圍巾的男子，手中攥著個白信封低頭坐在那裡。然而令他奇怪的是，直到自己走過去，那人也沒抬頭和他打招呼，於是鄭海濤忍不住問道：「先生，你是剛才電話裡說是雷德蒙派來給我送東西的那個人嗎？」

但是坐在那裡的人依舊沒有回應，這不禁讓鄭海濤越發感覺不對勁，他上前輕輕捅了對方身體一下，那人竟直接一頭歪倒在了長椅上。直到這時鄭海濤才看清，這位帽檐底下的腦門上被強插進去一個小型攝影機，凝固在鏡頭周圍的鮮血已有些乾涸，看樣子人死了已經有一會兒了，但卻依舊瞪著雙眼直愣愣地看著前方，嚇得鄭海濤一個激靈猶如觸電一樣跳出老遠。等他好不容易緩過神來想向四周求救的時候，卻發現眼前除了幾隻跳來跳去的松鼠連一個活物也沒有，不知為何此刻他總是覺得有一雙眼睛正在暗處盯著自己。出於恐懼鄭海濤轉身就跑，沒跑兩步他又折了回來，順手從死屍手裡奪過了那個白信封。

跑出了公園鄭海濤才算鬆了一口氣，他第一件事情就是撥打雷德蒙電話想要告訴他剛剛發生的一幕，但不知為何雷德蒙關機了。他又掏出了那個白信封打開一看，裡面果然有500美元，雖然鄭海濤不知道殺害聯絡員的到底是哪夥人，但直覺告訴他自己已經暴露了，而雷德蒙還需要至少兩天才能回來，傑夫也不在身邊，思來想去他還是決定這期間先換個地方躲一躲。鄭海濤用這筆錢加上自己信用卡的餘額很快就在車行租了一輛車，在確定附近沒有可疑的人事物後，為了兌現在道西基地時向被關押女孩的承諾，鄭海濤把快遞單上的住址輸入導航，驅車向女孩姑媽家駛去。

好在女孩姑媽家也沒出新墨西哥州，鄭海濤終於在下午2點多時抵達了那裡。擔心自己的行蹤暴露，鄭海濤開車晃了幾圈再三確認後，最後將車停在不遠處的民宅前，步行前往目的地。這是一處自帶花園的雙複室洋房，獨門獨院，但從房子外觀上看似乎已有許久沒有打理，花園也已荒廢，園子裡有棵禿枝樹，樹杈上掛滿了各種破破爛爛的洋娃娃。看到這一幕，鄭海濤都開始懷疑這裡是否還在住著人。

正當鄭海濤對著那棵怪樹看得入神，房子的大門打開了，一個眼影畫得跟熊貓一樣，燙著頭髮、滿臉皺紋的老女人走了出來，她見鄭海濤人堵在她家門口，不由警惕地上前警告道：「你找誰？趕快離開我家，不然一會兒我家人會帶著槍出來！」

聽了這番略帶威脅的口吻，鄭海濤沒有吭聲，而是把女孩交給他的那張皺巴巴的快遞單遞了過去。那老女人一見此物，立刻用手捂住嘴激動地哽咽起來：「天吶，這是露絲的東西，她是我侄女，China man，你是怎麼得到這個的？」

「不要叫我China man！」鄭海濤被老女人惹惱了，他毫不客氣地大叫起來，跟著扭頭就往車上走，那老女人見狀急忙跑到鄭海濤跟前一把攔住了他：「好了，好了，對不起，是我錯了，你不想進來喝杯咖啡嗎？你大老遠過來一定有我侄女的消息想要告訴我吧？她已經失蹤好幾周了……」就這樣，那老女人一面喋喋不休地說著，一面拽著鄭海濤胳膊，也不管對方是否同意就幾乎是強行把他拖進了屋裡。

進到屋裡後鄭海濤第一感覺就是他又回到了中國的九十年代，帶天線的方塊盒子電視機、錄影帶錄影機、電風扇這些他已有十多年沒碰見過的老物件今天又都出現在了這家人的客廳裡，讓他找到了久違的親切感，而露絲的姑媽並沒察覺到鄭海濤環顧客廳時的驚訝之情，她轉身進了廚房東翻西找，大概是在給客人準備咖啡。趁這功夫，鄭海濤圍著客廳繞了一圈，在一個角落裡他發現了一幅裱著畫框的油畫被塞在那裡，畫的內容十分怪異，油畫中一個裸女躺在地上，旁邊圍著三個大腦袋、細脖子、小身體的怪人，似乎正在觀摩女人的身體。這時，露絲姑媽端著一杯東西從廚房走了出來，見鄭海濤把那幅油畫捧在手裡欣賞，不由地勃然大怒，放下托盤上前一把奪了過去，同時大聲斥責道：

「你怎麼這麼沒有禮貌？為什麼亂動我的東西，這是別人的隱私懂不懂？」

鄭海濤也沒有想到對方會有這麼大的反應，趕緊道歉道：「對不起，我只是覺得這幅畫畫得太好了，忍不住想欣賞一下，這是您畫的嗎？畫中那三個是外星人嗎？」

露絲姑媽沒有回答他，似乎仍在生氣。她順手一指桌旁，示意鄭海濤坐下，跟著她自己也坐到了桌子的另一端，剛坐穩就一口氣串下來了一大堆問題：「我那可憐的露絲現在在哪兒？她一定還活著吧？那東西是不是我侄女託你帶過來的？」

「在我告訴你這些之前，請你先如實回答我一個問題，那幅畫是怎麼回事？」鄭海濤不動聲色地反問道，自從第一眼見到這幅畫，他就隱約感覺到這裡面一定有點問題。

「好吧。」露絲姑媽無奈地說：「我也不知道我為什麼會畫這幅畫，這是我三年前畫的，在那之前有一次夜間，我駕車在州際公路上莫名其妙地失去了18個小時的記憶，等我被發現時已是第二天下午了，沒有人能告訴我這18個小時我到底去了哪裡，但之後我便開始頻頻夢見這幅畫裡的情景，我就忍不住把它畫了下來。」

「那麼說你曾被外星人綁架過？」

「我也不知道這是不是我的幻覺，總之這樣的情景老是在我腦海裡出現。」露絲姑媽說著用雙手抱住腦袋，臉上露出了痛苦的神情。

看著對方這樣痛苦，鄭海濤猶豫了一下還是如實地把他所知道的講了出來：「女士，您的侄女可能經歷了和您一樣的事情，不過比你更不幸的是，她被送進了外星人營造的道西基地，就在道西鎮的地下。我曾去過那裡，在第二層囚禁人類的牢籠裡見到了你侄女露絲，是她把那個快遞單給我的。」

聽到這裡，露絲姑媽再也忍不住了，她再次用手捂住嘴嗚嗚地哽咽起來，鄭海濤見狀忙起身問道：「女士，您還好吧？要不要我去廚房幫你倒杯熱水？」

面對鄭海濤關切地詢問，露絲姑媽卻蹭地一下站了起來，朝他連連擺手道：「你別管我，讓我自己來……」說完，她便踉踉蹌蹌衝進了廚房。

鄭海濤重新坐回到座位上，出於好奇他探身望向露絲姑媽擱在桌子上的杯子，想看看裡面泡的是什麼東西，不料卻在杯中水面看到了一個倒映的人影，他抬頭一看發現露絲姑媽已不知什麼時候站在廚房門口，她目光呆滯，兩眼直勾勾地盯著自己，手中還提著一把菜刀。見此情形，鄭海濤慌忙起身連連向後退。「女士，您要幹什麼？快把刀放下。」他用顫抖的聲音叫道，但那老女人就像著了魔一樣絲毫不為所動，她舉起菜刀一步步地逼了過來，用低沉的語調不停地重複著同一句話：「zhen-ha-dao! Zhen-ha-dao...」聽起來很像是在呼喚他的名字。在這種情況下，鄭海濤也顧不上這些，他抓起椅子砸向露絲姑媽，趁對方揮手阻擋的時候，鄭海濤推開門奪路而逃，誰知剛到門口他腦袋就被一支黑洞洞的槍口頂住了。

「別動，信不信我殺了你！」鄭海濤轉頭看去，一個身穿緊身黑夾克配黑絲襪褲、紮著馬尾辮的金髮美女正用槍對著自己，此時鄭海濤也不知哪兒來的勇氣一把推開槍口，朝那金髮美女叫道：「你要殺我也得排隊呀，我已經正在被追殺著呢。」

話音未落，露絲姑媽也衝了出來，她披頭散髮揮舞著菜刀，猶如一個瘋婆子。那金髮美女也沒想到會出現這種局面，忙把槍口調向露絲姑媽大聲喝斥道：「你站到那裡別動！不要過來，否則我開槍了！」

可對方就像沒聽到一樣，嘴裡繼續重複著鄭海濤的名字朝他們衝了過來。「呯！」金髮美女開槍了，正中露絲姑媽腦門，她晃了一下身體倒了下去。看到這一幕，鄭海濤深深地吸了一口冷氣：「天吶，你殺人了！」

而那金髮美女卻不搭理他，直接走到屍體旁，掏出一把小銼刀插進了露絲姑媽的太陽穴裡。「你怎麼還毀屍。」鄭海濤見狀也忘記了害怕、叫著跑了過去，等金髮美女把銼刀拔出來的時候，刀尖上卻帶出來一個小晶片，

「這是什麼？怎麼會在人的腦袋裡？」鄭海濤指著晶片問道。

「這晶片是灰人裝在被綁架者的腦袋裡的，這樣即使受害者被放回，灰人也能夠通過這個晶片追蹤被植入者的一舉一動。」說到這裡，金髮美女忽然抬起頭，再次用槍對準了鄭海濤：「我要殺了你！」

鄭海濤嚇得趕緊高舉雙手，跟著問了一句事後自己都覺得很愚蠢的話：「你……你為什麼要殺我呀？」

「你們進入了道西基地，破壞了人類與外星人之間的協議，我們兄弟屠龍見證會上百年來一直致力於維護二者之間的平衡，不能因為你們幾個不負責任的行為連累到全人類，所以你們

必須死！」金髮美女說完，喀嚓一聲將子彈上了膛。

「等等，原來你是屠龍會的人？」鄭海濤驚呼起來，他怎麼也不能把眼前這個性感美麗、尤物一樣的女人與屠龍會那些穿黑西裝戴墨鏡的冷血殺手們聯繫到一起。

「我是聖喬治亞屠龍兄弟見證會行動組的組長尤娜！你逃回北京的時候我們就派人過去了，但可惜那次被你躲過了，這回你一到美國我們就注意上你了。因為你是個連槍都不會開的白癡，所以我一個人來殺你就夠用了。」

眼看自己就要牡丹花下死，鄭海濤卻沒有做鬼也風流的準備，他急得大叫起來：「等等，你真以為殺了我事情就算解決了嗎？我這次進入道西基地窺探到了灰人的一個大秘密，它們已經就『重返地面，取代人類』制定了一大套方案正在逐步實施中，你們遵循的那個什麼和灰人簽訂的同盟實在是太脆弱了，人家只不過是拿這個當煙霧彈而已，現在它們已經研製出一種比愛滋病還厲害的病毒，人類感染了就會死，灰人準備把它投放到地面，通過空氣傳播滅亡全人類，還為此培育了一大批對此病毒免疫的變異猿猴，只要人類一滅亡就先讓它們上去打頭陣，所以你殺了我也沒用，人家的計畫還是要進行的。」說到這兒，鄭海濤早已是滿頭大汗，不知是急的還是被用槍指著頭嚇的。

而尤娜顯然被鄭海濤這番話觸動到了，她慢慢放低了槍口，但嘴裡還是在說：「我怎麼知道你說的是真是假，你要是為了活命撒謊騙我呢？」

見自己說的話產生了效果，為了讓尤娜更相信自己，鄭海濤趁熱打鐵對天起誓道：「我以你們上帝的名義宣示，我剛才說的話絕無半點謊言，我離開基地時雷德蒙的爬蟲人線民還塞給我一個小圓盒託我交給他，說裡面記載了灰人為取代人類制定的全部計畫，我到現在還沒交給雷德蒙呢。對了，要不要給我本聖經，我好把手按在上面起誓。」

尤娜冷笑一聲：「第一，你這個異教徒不信教就沒有資格拿上帝起誓。第二，我也不是基督徒所以我沒有聖經！」

正說著，二人頭頂的天際間忽然傳來了一陣轟隆隆的悶響，鄭海濤抬頭望去，見上空烏雲密佈。在翻滾的烏雲中，一架閃著紅藍光芒的巨大銀色圓盤飛行物在裡面時隱時現。「不好，是它們來了，快跑呀！」鄭海濤大叫一聲，伸手拽起尤娜胳膊撒腿便跑，尤娜皺著眉頭一把打掉了鄭海濤的手叫道：「你往哪裡跑？就算開車你跑得過飛碟嗎？快點進屋，這樣的房子一般都有地下室，我們躲下去就沒事了。」

聽尤娜一說，鄭海濤馬上跟著她跑進了屋裡，此時整個房子都在顫抖，屋裡的傢俱物件在搖晃中東倒西歪，他們在裡面亂撞了半天終於才在通往二樓的樓梯角落裡找到了地窖門。鄭海濤是最後一個進去的，他關蓋子時稍稍地留了一道縫，攀在地窖自帶的木梯上密切地監視著外面的情形。很快屋子便停止了晃動，但窗外仍有嗚嗚躁動的雜音。「把槍給我，要有什麼不對勁我好保護你。」鄭海濤壓低聲音說道。

「做夢！」尤娜說著攀上木梯把鄭海濤擠到一邊，自己湊到了那道縫隙前觀察。剛好這時屋門被推開了，有人走了進來，木質地板被壓得吱吱作響。鄭海濤見對方是人，沒多做思考就想爬出去，卻被尤娜從身後一把拉住。「你瘋了？現在是什麼情況，對方身份沒搞明白之前出去就是找死！」

聽了尤娜的話，再聯想到之前遇到的的歸化人，鄭海濤也覺得很有道理，便老老實實地趴在了原地。透過地窖蓋縫隙，他隱約看到好像有幾個人走了進來，他們蹚著大皮靴在屋子裡亂逛了許久，全程無任何交流，直到確認無任何發現才悻悻地列隊走了出去。望著他們離去的背影，鄭海濤忍不住小聲問道：「他們是什麼人？怎麼趕到得那麼快？」

尤娜瞪了他一眼，沒好氣地說道：「我哪裡知道！你怎麼那麼倒楣？誰都想殺你，把我都連累到了。」

鄭海濤被說得漲紅了臉，半天才支吾道：「你不是也想殺我嗎！就別說那些沒用的了，我們先離開這裡吧。」

「現在還不行，那個飛碟也許還沒走。我們等到晚上，你現在下去蹲到角落裡，別耍花樣，否則我一樣殺了你！」

尤娜說著再次用槍對準了鄭海濤，鄭海濤無奈地聳聳肩，乖乖爬下梯子蹲到了角落裡，這會兒他突然覺得有必要把尤娜的槍搶過來，否則這個女人總會用槍威逼自己去做一些不情願的事情，況且被一個女人用槍指著頭也讓他覺得很沒面子。

而尤娜此刻不知鄭海濤心中正在籌畫的事情，她把鄭海濤轟下去後自己也跳下梯子，走到能監視到他的地方坐了下來。

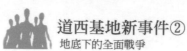

「我問你，那個爬蟲人給你的東西呢，如果你說的一切都屬實，也只有那個東西可以證明你的話了。」

聽尤娜這麼一說，鄭海濤下意識地摸摸褲兜，還好東西都在。恰在這時他手機收到了一條訊息，趁尤娜不備時，他點開一看原來是雷德蒙，上面說他已知道自己住在 holiday town 旅館，他將會在明天晚上趕到那裡碰面。看到這訊息，鄭海濤忽然心生一計，而尤娜也注意到了他手中的手機。「把手機關掉！你要再拿出來小心我給你踩爛了！」她大聲命令道。

「好的，好的。」鄭海濤痛快地關掉手機，當著尤娜的面揣進兜裡，然後小心翼翼地說道：「你是不是想要那個我要交給雷德蒙的東西，你要的話我可以給你，但我把它放在道西鎮上我住的旅館房間裡了。」

「你這個笨蛋。」尤娜朝著他罵道，「那你帶我過去取，你要敢耍什麼花樣我……」

「知道啦，你就會打爆我的頭嘛！」這回不等尤娜說完，鄭海濤便搶過了話。同時他開始為自己計畫得逞而暗自竊喜。「你才是個笨蛋，胸大無腦的女人！」他在心中說道。

「那就好，賭你也不敢騙我，你們中國男人除了油嘴滑舌還都喜歡耍花樣。之前我們在湖邊抓了一個胖子，也是你的中國同夥，給我玩花樣，揍一頓就老實了。」

一聽尤娜提到的胖子，鄭海濤馬上叫了起來：「原來林春生是被你們抓了。那我問你，那天我們上岸後，我弟弟和一隻猴子是不是也被你們抓走了？」

尤娜用鼻音哼了一聲，解開了腦後馬尾辮，當著鄭海濤的面邊攏長髮邊說道：「我們是又抓了一個和你一樣姓的年輕人，但不是我抓的。你說的那隻猴子沒見到。」

「那……我把東西交給你們，你們能把他倆放了吧？」望著尤娜挺直腰板、梳理披肩長髮時那凹凸有致的身材，鄭海濤忍不住咽下一口口水問道。但這一細微的動作還是引起了尤娜的警覺，她馬上衝上去一個大背跨把鄭海濤摔在地上、厲聲喝斥道：「你想幹嘛？你再這樣小心我一槍打死你這個色狼！」

「我剛才只是渴了而已，你要老擔心別人惦記你，就別老搞這麼銷魂的動作嘛！」鄭海濤揉著屁股從地上爬起來嘟囔道。

「閉嘴！」尤娜朝他喝斥一聲，接著說道：「下令抓你朋友和弟弟的是屠龍會大長老，包括這次去北京搜捕你都是上面的命令，我們只是奉命行事，無權和你做任何交易。」

「那他派你來殺我為什麼你還不動手？」這話一出口鄭海濤馬上後悔了，生怕反倒給她提了醒。

好在尤娜並沒太當真，她輕嘆了一口氣幽幽地說：「殺你是為了不給灰人們口實，以便繼續維持人類與外星人之間的平衡。但如果率先打破平衡的不是你們，殺了你也沒意義，只要你能提供有力證據證明你所說的話，到時候我會替你向大長老求情。」

「對，對，是沒意義。」鄭海濤趕緊隨聲附和著。

可尤娜卻話鋒一轉：「但如果你膽敢騙我，我一樣會殺了你！」說著又亮出了槍，嚇得鄭海濤一個激靈，因為他正在騙她。

就這樣，兩個人在地窖裡一直待到淩晨，這期間鄭海濤多次試圖攀談都被尤娜喝止了，到後來大概是覺得眼前這個看上去呆頭呆腦的中國人對自己構不成什麼威脅，她竟主動和鄭海濤聊了起來：「喂，你為什麼要大老遠跑到美國去闖道西基地？」

「為了去找我在這裡失蹤的女朋友，她是跟公司同事一行人來這兒旅遊的，結果全失蹤了。我這次進去後雖然沒找到她，但在那裡發現了其他同事。他們都死了，不是被當做試驗品垃圾扔在死屍堆裡，就是被蜥蜴人切下人頭做成擺設放在架子上，我估計我女朋友也應該不在人世了……」

說到這兒，鄭海濤又被勾起了傷心事，竟忍不住嘆息起來。尤娜臉上也露出了同情的表情，她不自覺地靠到鄭海濤身邊，手搭在他肩膀上安慰道：「你也想開一些吧，你已經盡力了，不管你女朋友是生是死，如果她知道你為她所做的一切，她也一定會感動的。」

鄭海濤點點頭，他突然有一種衝動，如果這時一把抱住她，想必是不會被拒絕的吧？但正當他想付諸行動的時候，尤娜卻突然站了起來。「在這裡已經躲了夠久了，我們該走了。」她說道。鄭海濤也只好起身隨著她走出了地下室。

這時已經是淩晨2點半了，外面一切早已恢復了平靜。屋內除了被震在地上東倒西歪的家具，很難讓人聯想到這裡曾遭到ＵＦＯ襲擊。鄭海濤輕輕地推開大門露出頭四下望去，周圍一個人也沒有，自己的車子還停在老地方，不遠處還有一輛黑車應該是尤娜的。相比鄭海濤的小心翼翼，尤娜則直接走出房子，用銳利的雙眼打量外頭，似在搜尋什麼似地道：「你的車呢？」

「在那。」鄭海濤微微抬了一下頭示意方位。

「想不到你還滿機靈的。」尤娜確認好方向後，轉頭對鄭海濤道：「鑰匙給我。」

鄭海濤正想開口時，只見尤娜又拔出了槍。鄭海濤只得乖乖交出鑰匙、跟她上了車。可就在尤娜發動汽車的時候，有個東西卻突然像是從天而降、重重地砸在了他們車頂上，上面的車頂馬上凹陷下去一大塊。

「怎麼回事！」鄭海濤嚇得驚呼一聲，尤娜也看著有些緊張，她提著槍就要下車，卻被鄭海濤攔住了，「還是讓我下去看吧，我是男人。」

但當他探出身看到車頂上的東西時，不由地倒吸了一口冷氣，那正是他在道西基地第二層的蜥蜴人實驗室裡見過的變種猿，而此刻在夜色的籠罩下，這怪物顯得更加猙獰，兩眼放著綠光，背後一排長鰭刷刷地抖動著。看到鄭海濤出來，它立刻仰天長嘯一聲縱身準備躍起。就在這之際，隨著呯呯幾聲槍響，子彈鑽破車頂將那怪物擊倒在車頂上，隨後從車裡傳來了尤娜焦急地催促聲：「還不快上車！」

鄭海濤這才反應過來馬上鑽回車內，與此同時從房子四周又衝出了無數這樣的變種猿猴，有的手裡還拎著不知從哪兒翻出的棒球棍作為武器，它們滋哇亂叫著撲向正在發動的車，尤娜卻並不慌張。「系上安全帶！」她嬌斥一聲，也不等鄭海濤反應過來猛地一踩油門，車便猶如脫韁野馬朝著迎面而來的怪物們橫衝直撞過去，那些來不及躲閃的變種猿猴碰到車子擋風玻璃上直接就被撞飛了，尤娜由此殺開了一條血路，開著車子飛馳而去，他們身後那些變種猿猴們邁開四條腿奔跑著仍舊緊追不捨。回頭看到這一幕，驚魂未定的鄭海濤不禁指著車後朝尤娜叫道：「這就是我和你說過的灰人為替代人類搞出的變種猿猴，現在你該相信我了吧？」

「閉嘴坐好！現在沒有功夫說這個！」尤娜說著一踩油門再次提速，將車開上了州際公路。那些變種猿也接二連三地跳上高速車道繼續著對車子的圍捕，而尤娜只顧擺脫它們，慌亂之下卻將車開到了與道西鎮相反方向的車道上，等她終於把那些怪物遠遠甩在身後時，鄭海濤一看手機地圖發現他們都快開到德克薩斯了。此時已是淩晨4點半鐘。眼看快到清晨，尤娜乾脆放慢了車速。

「不走了。」她說道：「前頭有家 motel，我要睡覺，等休息好了我們再回道西。」說完也不徵求鄭海濤意見，就把車開到了公路旁那家 motel 門口。

鄭海濤也就順勢說道：「好主意，我也睏了，這幾天好累都沒好好休息過。」但他沒有想到的是，自己剛準備下車時，胳膊卻被尤娜一把拽過，用手銬拷在了方向盤上。「你要幹什麼！」鄭海濤大聲抗議道：「你哪兒來的手銬？」

尤娜下車後聳聳肩：「實在對不起，我帶的錢只夠開一個房間的，為了不給你任何機會，只能委屈你了。」

「等等！」鄭海濤叫道：「現在我們才剛脫離外星人的追殺，兩個人應該要互相有個照應。」

尤娜沒有再說話，鄭海濤見尤娜開始躊躇，加緊道：

「我保證不會對你亂來，我相信你也知道我是為了找女朋友飄洋過海來這，人品是信得過的。而且……而且我可以睡在地板上。」

尤娜自知理虧，事實上她自己也不知道為什麼她一見鄭海濤就開始做出一些奇怪的舉動。撇開腦海中紛亂的思緒，尤娜解開鄭海濤的手銬道：「記住你說的話。」隨後便逕直地走向旅館。

鄭海濤只能悻悻地摸著他被銬痛的手腕，默默地跟在尤娜身後。待他們整頓完畢、重回道西鎮時已是下午了，這一路上鄭海濤都在盤算如何算準時間讓雷德蒙和尤娜在旅館裡碰面。雷德蒙有槍，又是經驗豐富的老特工，對付這樣一個丫頭自然不在話下。想到這兒他甚至都計畫好了下一步。等生俘了尤娜，可以說服雷德蒙用她去向屠龍會交換自己的弟弟和哥們林春生。

可就在鄭海濤悄然策劃這一切時，他卻沒有想到道西鎮早已發生了變故。大概是在下午五點鐘的時候，位於道西鎮的上空出現了一輪五彩斑斕的光暈，它時而分散時而緊聚，隨即鎮上的衛星和通訊設備也都遭到了一股未知的高頻率聲波干擾，全部陷入了癱瘓。與此同時鎮上許多人開始感到耳鳴、頭脹、相繼出現認知障礙。不久他們就變得目光呆滯，像是受到什麼東西召喚一樣，紛紛停下手頭的事走上街頭，搖搖晃晃地向道西鎮中心的小廣場走去。而回程中的鄭海濤他們並不知道正在發生的這些事情，此時他們剛剛抵達 holiday town 的樓下。當車停好後，鄭海濤看了看手機已經五點半了，只要在上面和這小妞周旋一兩個小時雷德蒙就該來了。想到這兒他心中泛起一陣竊喜，不經意間竟流露到了臉上。尤娜見他不知為何傻笑不由大聲喝斥道：「你又在想什麼呢！趕緊帶我上去拿東西，別磨蹭！」

鄭海濤連忙下車替尤娜打開車門，還做了個請的姿勢，誰知尤娜卻不吃這一套：「你在前面走！要是不老實我會讓你死得很難看！」就這樣在尤娜的押解下，鄭海濤將她引入了自己的房間。

「你可以先坐在我床上休息一下，我去給你找東西。對了，你要不要去洗個澡，我這裡浴室的條件肯定比那個 motel 的好……」鄭海濤正大獻殷勤，尤娜一個大巴掌作勢呼了過來，他只得捂著臉閉嘴了。

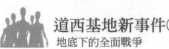

「快點去把東西找出來，拿了東西跟我走！」尤娜說著走到窗邊拉開窗簾，從二樓望向外面。趁著她背對自己之際，鄭海濤拿起床頭櫃上的檯燈，卸掉燈罩後朝她身後躡手躡腳地逼了過去，誰知尤娜早已通過漆黑的玻璃窗反光看到了這一幕，鄭海濤還沒走到跟前，她便猛地一回頭厲聲喝斥道：「你想幹什麼！我看你是找死！」

看到自己已經暴露，鄭海濤乾脆豁了出去。他大叫一聲：「這裡是我的地盤，我早就想收拾你了！」跟著一把將尤娜撲倒在床上，誰知尤娜在床上一個側身翻滾就掙脫了，一條黑絲長腿隨即劈在了鄭海濤的脖子上，將其死死控制住。鄭海濤被她的腿卡住，手忙腳亂掙扎著，一會兒就憋得喘不過氣來。尤娜趁機將他一把抓起，一手拎著脖子，以拳擊打著他的腦袋。正在這個時候，一支槍卻抵在了尤娜後腦。「放了那個中國人，年輕的小姐！」鄭海濤隱隱聽到那正是喬治·雷德蒙的聲音，這回終於可以輪到自己揚眉吐氣了，想到這兒鄭海濤一把掙脫了尤娜的手，為了報復她一路上對自己的折磨，他故意裝作很猥瑣的樣子，從地上打碎的陶瓷燈身上撿起一個尖片，走到尤娜跟前嬉皮笑臉地說道：

「想不到你也有今日呀，看你這小臉細皮嫩肉的，要不要我在上面劃個叉呀？」

「你敢！」眼見自己就要被毀容，尤娜急地都快哭了。

雷德蒙也一臉詫異地盯著鄭海濤問：「你不會真這麼變態吧？」

「我是鬧著玩的。」一見玩笑過了火，鄭海濤馬上恢復了常態：「我可是正經人。」他丟掉瓷器讚嘆道：「雷德蒙你來得太準時了，我剛差點被這小妞整死。」

「我也剛剛到，事實上我也有東西要給你。」雷德蒙說著遞過來一份英文報紙。鄭海濤接過去一看標題傻了：「北京一名男子在西單殺害一名美國人逃遁，警方目前正在全力通緝。」新聞配圖上還有自己的背影。

「完了，完了，都上國際新聞了，這回我被坐實了！中國我回不去了。」鄭海濤扔掉報紙雙手抱住頭，痛苦地蹲在了地上。

「振作點，這到底是怎麼回事？」雷德蒙問道。

「總之你要相信我沒有殺人，我是說我殺的那個其實不是人，而且他也沒有死，後來還在高速公路上追殺我們，傑夫可以作證，當時他和我在一起！」

「好吧，我相信你。」雷德蒙朝鄭海濤點了點頭，轉身又對尤娜說道：

「年輕的小姐，我知道你是聖喬治亞屠龍兄弟見證會的人，上次我在湖灘那裡見過你們。」

「那又怎樣！」尤娜把脖子一昂，做出一副無所謂的樣子說。雷德蒙張口正要說話，一陣喧鬧聲突然從窗外傳了進來，窗戶上也同時映出很多晃動的光亮。三人急忙撲到窗邊看去，只見下面一列由當地居民組成的隊伍正舉著手電筒和煤油燈，高呼著口號緩緩地向旅館走來，而在隊伍前頭帶隊的正是道西鎮警察局長威爾遜。鄭海濤仔細聽著他們呼喊的口號，好像是「zhen-ha-dao Zhen-ha-dao.」，和之前露絲姑媽要殺自己時喊的一模一樣。

「他們好像在喊你的名字。」雷德蒙看著下面那緩緩移動的長蛇隊伍，朝鄭海濤說。

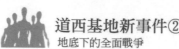

「他們一共有多少人？」此刻尤娜也忘了他們正處於敵對狀態，湊到雷德蒙身邊問道。

雷德蒙搖了搖頭：「沒時間仔細數，大概有二三十人。大家小心，他們每個人手裡都有武器。」

經雷德蒙提醒，鄭海濤果然看到這些人有的手持鋤草叉，有的拎著獵槍，而帶頭的威爾遜手裡拿的則是一隻狙擊步槍。望著這一幕，鄭海濤氣地大叫起來：「這是要獵殺中國人嗎？你們這裡種族歧視怎麼這麼嚴重？」

「這跟種族歧視一點關係都沒有！」雷德蒙解釋說：「這些人過去都曾被灰人綁架過，雖然後來被放回，但腦袋裡全被灰人裝了晶片，這種晶片具有接收和傳導訊號的功能，這樣拉蒂斯塔人就可以在道西基地裡繼續遠端控制他們，現在它們派這些人來追殺你！」

「那怎麼辦，我們趕快報警吧？」一聽這票人是衝著自己來的，鄭海濤立刻沒了主意。

雷德蒙冷笑一聲，指著快走到樓下的那群人道：「你沒看到道西鎮警局有一半的員警都在這隊伍裡嗎？還報什麼警！」

「可惡！我們先離開這裡再說，然後我在跟你算帳！」尤娜說著從腰間拔出槍，回頭狠狠瞪了鄭海濤一眼，衝到窗邊朝著外面離他們越來越近的人群放了兩槍，隊伍中當即有兩人倒了下去，但其他人卻絲毫未受影響，他們依舊保持著那副目光呆滯的模樣，嘴中機械地重複著鄭海濤名字，踏過屍體前赴後繼衝向旅館。眼前這群人來勢洶洶，旅館工作人員和樓下小酒吧客人都嚇得四下逃散，混亂中旅館經理端著槍跑出來試圖阻止這一切，卻被威爾遜一槍撂倒在地上，在二樓目睹了這一切的雷德蒙轉身對鄭海濤二人說道：

「對方人多，我們只有三個人，死守肯定守不住，好在這家旅館我還有印象，我記得西邊樓道盡頭的窗外有伸縮消防梯，我們順梯子逃出去。」

聽雷德蒙這麼一說，大家便跟著他往西側樓道跑去，而這時威爾遜他們也一窩蜂湧入holiday town旅館內，雙方在樓梯口正好碰上，雷德蒙和尤娜二話不說舉槍便射，對方衝在最前面的幾個人當場被擊斃滾下了樓梯，但後續的人馬上就湧過去填補了前方空缺。與此同時威爾遜也開槍了，子彈打中了雷德蒙肩膀，雷德蒙疼地手一顫槍掉到了地上，兩個被腦控的道西鎮居民看准機會衝上去拽住了他，就在雙方拉扯的時候，從樓下傳來匡匡數聲散彈槍響，跟著就見聚集的人群紛紛倒下，屍體在樓梯上鋪了一大片，鄭海濤正在詫異的時候卻見傑夫端著散彈槍衝上來對他喊道：「你們先走，這裡我來對付他們！」

正在圍攻雷德蒙的威爾遜見狀慌忙帶領剩餘的人回身朝傑夫撲去，傑夫再次舉起槍口對準迎面而來的威爾遜，一槍轟掉了他半顆腦袋。

趁此時機，鄭海濤和尤娜忙掩護著受傷的雷德蒙向樓道西側盡頭跑去，到了那裡鄭海濤推開窗戶，果然在下方找到了可以放長的消防梯，他們順著梯子很快就抵達了地面。

「我們快點離開這裡，上車！」尤娜跳上車朝雷德蒙和鄭海濤喊道。

「那傑夫怎麼辦？」聽著從二樓傳來絡繹不絕的槍聲，鄭海濤憂心忡忡地問。

「你先上車吧，傑夫會照顧自己的，這幫人的目標是你！」雷德蒙忍痛說著，一把將鄭海濤拽住扔到車裡，然後自己也跳了上去，尤娜隨即一踩油門，驅車帶著三人快速駛離了 holiday town 旅館，一頭紮入了茫茫夜色之中。

第十一章

X計畫

一九七七年美國卡特政府時期，國家安全局為消滅和處理來自外星人的威脅成立了X部門，一九七九年道西之戰後，一項針對道西基地最後打擊的X計畫由此出爐。

汽車一路顛簸不知開了多久，終於停到了一座外觀宏偉的巴羅克式大教堂下面。「這是洛雷托大教堂，我們現在在新墨西哥州首府聖達菲，應該已經安全了。」尤娜指著前方說，鄭海濤則朝她叫起來：「你帶我們來教堂幹嘛！現在應該先送雷德蒙去醫院。」

雷德蒙艱難地抬起受傷的胳膊，試著活動了一下說：「不必了，這點小傷我自己能處理，我們先辦正事吧。」這時前座的尤娜卻突然注意到了雷德蒙那缺了兩根手指的手掌，不禁好奇地問道：「你的手是怎麼弄的？」

經她這一提醒，雷德蒙舉起手掌看了看，接著一聲嘆息：「這是很早以前我參加道西戰爭時留下的紀念，在與灰人作戰時我失去了兩根手指，而和我同隊的戰友們卻失去了生命。」說到這兒，雷德蒙似乎不想就此多談，很快轉移了話題：「鄭，你要交給我的東西呢？」

「噢，對，在我兜裡！」聽雷德蒙一說，鄭海濤慌忙把那串細鏈的圓殼掛墜從兜裡掏出來遞給了他。尤娜見狀氣地一巴掌朝他搧過去：「你這個大騙子，東西明明一直就在你兜裡，卻把我誆到旅館，你竟敢耍我！」坐在後座的鄭海濤一縮脖就躲了過去，理直氣壯地辯解道：「那個時候我當然得拖住你，我要不騙你不就被你押送到屠龍會了嗎？」

聽鄭海濤這麼一說，雷德蒙馬上接過了話：「鄭，事實上……接下來我也正準備把你帶到屠龍會那裡去。」

「什麼！」鄭海濤倒吸了一口冷氣，「雷德蒙，你要出賣我嗎？」

「不是這個意思。」雷德蒙搖搖頭說：「你是目前我唯一能找到進入過道西基地的倖存者，本來我不想把你攪進來才送你回北京，但命運又把你推了回來，而且現在我需要證據去說服屠龍會大長老，爭取一切可以團結的力量，爬蟲人既然把這東西託你交給我，想必你也知道了一些內情，傑夫也打電話和我說你在那裡面經歷了很多事情，但你們那批進入道西基地的人目前只有你還能自由發言，所以我要帶你去屠龍會總部，讓你當著他們大長老和聖徒們的面把你所知道的事情統統講出來，這樣不但能救出你被關押的弟弟和朋友，也許還能改變人類的命運。」

聽完雷德蒙的這番話，鄭海濤不再吭聲了。雷德蒙則把那東西拿在手裡搗鼓了兩三下後，突然只見一道藍光從小圓殼裡迸射出來，打到空中猶如立體電影一樣呈現出一副360度視角的畫面，上面不停輪換著各種生物的形象，還有很多看著像基因圖譜排序的東西，以及一行行快速飛馳的外星文字讓人眼花繚亂，鄭海濤和尤娜仰著頭看了半天也沒看明白。「這上面講的是什麼？」鄭海濤忍不住問道，誰知雷德蒙關閉放映後竟也搖搖頭：「我也不知道，這些頭腦簡單的爬蟲人，它們又忘了給我翻譯成英文！」

尤娜見狀不由借機嘲諷道：「你們就拿這個連你們都不知道講什麼的東西去見大長老，還想當成證據？」

但這回沒等雷德蒙開口，鄭海濤便搶先說道：「那不一定，我們這次從道西基地返回時，從那裡帶出來了一隻猴子，它是由外星人和人類科學家在實驗室創造的，它的智商比人類還高，會講幾十種人類語言和上百種外星語，但是我們在湖中向陸面上升時失散了。如果我們能找到它，現在碰到的就不算什麼問題了。」

「什麼！你們竟然私自把道西基地裡的生物給帶出來了？你知道你們這不負責任的行為會給後續帶來多少麻煩嗎？」此刻雷德蒙一聽竟火冒三丈地朝鄭海濤叫了起來。

「能有什麼麻煩？」鄭海濤有些不服氣地小聲嘟囔道。

雷德蒙沒有再就此往下說而是打開手機，一會兒就搜出兩則新聞標題，拿到鄭海濤面前說：「你好好看看，是不是它？」

鄭海濤接過一看，上面寫到「92歲老太太逛街遇到一隻猩猩用人話問路當場被嚇死，猩猩目前逃逸。」另一則新聞標題則是「喬治大叔馬戲團新墨西哥州精彩巡演，本次重磅推出會說人話的猩猩 Mr. funny guy 請不要錯過。」上面還配著悟空頭戴山姆大叔高筒禮帽咧嘴傻笑的照片。

「夠了，夠了！」看到這些鄭海濤急忙把手機扔到雷德蒙懷裡，用手捂著腦門叫道。

「是你把它帶出來的，你要為此事負責！」雷德蒙仍舊不依不饒。

「那現在你們打算怎麼辦？」見事情搞得這般複雜，尤娜也忍不住插嘴問道。

雷德蒙嘆了一口氣：「你先回去，告訴米切爾長老我們這兩天就會去拜訪他，到時候我會向他展示灰人試圖滅亡人類的證據！在這之前我還要和鄭去處理點別的事情。」

尤娜點了點頭：「那好吧，如果你們願意的話我可以把你們載到市區。」

就這樣，他們在聖達菲分了手，尤娜回聖喬治亞屠龍兄弟見證會去向大長老覆命，鄭海濤則陪著雷德蒙到醫院取出肩上的子彈，簡單地包紮了一下傷口。第二天他們便驅車前往一個叫聖安東尼奧的小鎮，那裡就是喬治大叔馬戲團巡迴演出的地方。抵達時正好中午，炙熱的陽光將這座由土坯營建而成的小鎮照耀得格外耀眼，街上沒有什麼人，偶爾一兩個身披墨西哥恰魯傳統服裝、戴著寬沿尖頂帽的印歐混血人與他們擦身而過，讓鄭海濤還誤以為自己是在墨西哥。遠遠地他們就看到鎮外的草坪上搭著三個白色大帳篷，旁邊還停有幾輛馬戲團專用大貨車。

「就是這裡了。」雷德蒙說著向鄭海濤使了個眼色，「順便問一句，你的猴子叫什麼名字？」

「它叫悟空，是我按中國名著《西遊記》裡的神猴給它取的名字。」鄭海濤邊走邊說道。

「Woo-kung？」雷德蒙試著重複了一遍，「真是個彆扭的名字。」

說話間二人已來到了馬戲團臨時搭建的場地前，鄭海濤攔住一個迎面而來的小丑問道：

「對不起，我們想找你們這裡那隻會講人話的猩猩談談，它在哪兒？」

「哈哈，你們是來找發尼丐的（funny guy 中文名字：搞笑的傢伙）。」那個小丑大笑起來，跟著一指身後角落裡的一節小車廂說：「它就在那裡，我教你們怎樣可以從它身上獲取更多的樂子，你們只要請發尼丐喝啤酒把它弄醉，它就會洋相百出，保證比馬戲臺上表演的還要精彩！」說完小丑便一路笑著揚長而去。而鄭海濤則說不出心裡是什麼滋味，他突然有些後悔了，後悔把悟空從道西基地裡帶出來，在道西基地它是孤獨的，但進入人類社會它卻徹底地淪為別人的笑柄。想到這些，他有些不敢面對悟空了。

雷德蒙則沒他想的那麼多，他直接走到小車廂前敲了幾下門叫道：「你是 Woo-kung 嗎？我給你帶來了一個人，你一定想見見。」

「離我遠點！」很快車廂裡就傳來了回應聲，「現在是我休息時間，想找樂子晚上八點再來，門票二十美元！」

鄭海濤見狀急忙上前跟著介紹自己：「悟空，是我呀，是我帶你出來的你記得嗎？」

他話音還未落門就被打開，悟空一臉怒氣地出現在他們面前，它手握半瓶百威啤酒，光著上身，下半身套著一條肥大的豎條紋短褲顯得極不合身，若不是用根細繩綁著隨時都有掉下來的風險。只見它一仰頭將啤酒全部灌進肚裡後一抹嘴道：「不錯，我記得，但別指望我會感謝你！你看我在你們這個社會成了什麼樣子！」

看到悟空這番落魄鄭海濤也很是愧疚，他正要道歉卻被雷德蒙伸手攔住了，接著就聽雷德蒙說：「那是因為你還沒適應這個社會的玩法，不應該去怪把你帶到這個世界上的人。就連我們人類，同時出生成長，但長大後有的成了富翁花天酒地，有的身無分文要睡公園長椅，這難道也要怪帶他來這個世界的人嗎？把你帶到這個世界的人只是給了你一個機會，你沒能好好利用，混成這個樣子只能怪自己！」

聽完雷德蒙這番話後悟空不再吭聲了，它扔掉酒瓶，邁著醉步把二人扔在身後，搖搖晃晃地向前方走去，雷德蒙和鄭海濤趕緊緊隨其後想看看它去幹嘛，只見悟空搖晃到一輛小賣部貨車前，掏出一把硬幣拍到取貨窗前醉醺醺地叫道：「給我一瓶啤酒！」看到這一幕，雷德蒙忽然有了主意，他走到正坐在地上用牙咬啤酒蓋的悟空旁邊，俯下身問：「你想不想賺一筆大錢？」

「雷德蒙！」鄭海濤大叫一聲制止道，聽了剛才那句話他立刻知道雷德蒙想要幹什麼了。他跑過去把雷德蒙拽到一邊小聲說：「夠了，它雖然會講人話但也是一隻猴子，沒出來之前它很單純，你為什麼非要把人類社會中那些利益交換用到它身上？」

但面對鄭海濤的詰責雷德蒙卻有自己的一番道理：「我這是在教它人類社會的生存法則，在這個社會光靠單純是不夠的，我也是在幫它，你看它現在都混成什麼樣子了。」

鄭海濤聽了正想反駁，不料那邊悟空說話了：「多少？」

鄭海濤大吃一驚，畢竟是高智商的猴子，到一個地方適應地如此之快。雷德蒙則微微一笑對它說道：「我早就替你想好了，像你這樣的天才不該在這樣的垃圾地方當小丑靠被人取笑換小錢，你完全可以利用自己的天賦賺錢，如果你能幫我翻譯外星語言文字，再帶我們進入一趟道西基地的話，我可以付你10萬美元，如果你善於理財的話下半輩子……」

「做夢！」雷德蒙剛說到一半就被悟空粗暴地打斷了：「30萬！」

「15萬！」「20萬！」「18萬！」「成交！」

他們的討價還價讓鄭海濤看得瞠目結舌，不知為什麼他對悟空開始由同情轉為佩服了。「恭喜你，悟空。」他說道：「等你完成了這份差事，你就有足夠的錢可以好好享受生活了，到時候還可以買幾隻母猴當老婆來伺候你。」

「不，不！」悟空把頭搖得像撥浪鼓一樣，「實際上，我更喜歡這個！」說著它不知從哪兒張開了一張歐美三點式美女的寫真畫報。

「我也喜歡……」看著畫報鄭海濤由衷地說。

雷德蒙滿意地點了點頭：「好吧！那這麼說我們成交了，現在你收拾好東西和我們走吧。」

可就在他們準備離開這裡的時候，馬戲團老闆追出來大叫道：「喂！發尼丐，你去哪裡？晚上還有表演呢。」

「晚上你自己去表演吧！我不玩了。」悟空爬到雷德蒙身上，雙手摟住他脖子回頭朝馬戲團老闆來了個飛吻告別。

把悟空帶上車後鄭海濤問道：「我們下一步去哪兒？」

「聖喬治亞屠龍兄弟見證會，去見他們大長老。」雷德蒙說著發動了汽車。

「我們真的要去哪兒嗎？那幫傢伙可是殺人如麻，他們一直在追殺我。」一回憶起這些，鄭海濤仍舊心有餘悸，他甚至有些想退縮了。

雷德蒙也看出了他的恐懼，拍拍鄭海濤肩膀說：「放心吧，有我跟著你他們不會的，再說你不想救你的弟弟和朋友嗎？他們都在屠龍會手裡呢，你不去對方是不會放人的。」

一提起弟弟和春生，鄭海濤只好努力壓下內心的恐懼，隨著雷德蒙一起返回了聖喬治亞屠

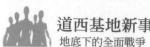

龍兄弟見證會藏身的道西鎮教堂。

當雷德蒙帶著鄭海濤熟門熟路地從暗道下到屠龍會聖殿大廳時，一眼就看到大長老米切爾正帶著一隊全副武裝的鳥嘴面具武士等在那裡，尤娜則站在他的身後。「雷德蒙，你終於來了，謝謝你親自把這個中國人給我送過來。」說著他一揮手，兩名鳥嘴武士馬上朝鄭海濤衝了過來，雷德蒙連忙擋到前面，將鄭海濤與試圖將他帶走的人隔開。

「大長老閣下，你誤會了，這是我帶來的證人，他進入過道西基地，可以證明灰人正試圖用新物種替代人類，而且我是不會將他交給你的，這次帶他來只是想讓你聽聽道西基地裡的真實情況。」

說完雷德蒙轉過身給鄭海濤使了個眼色，面對前方殺氣騰騰、恨不得活剝了自己的大長老手下，鄭海濤深深地吸了一口氣儘量讓自己不再慌張，然後鼓足勇氣陳述道：

「是的，灰人已經把基地裡所有拒絕歸化的人類都處決掉了，歸化後的人類身體成為了灰人的軀殼，外星人藏在裡面借此就可以到地面來，這次我們在道西基地第二層還發現蜥蜴人正在幫灰人培植一種變異猿猴，爬蟲人告訴我說灰人準備用病毒滅亡人類後，就用它們打頭陣，讓其先返回地面將外部環境改造成適宜灰人居住的地方。」

「一派胡言！你以為憑一面之詞我就會相信嗎？」鄭海濤話音還沒落定，米切爾大長老就急不可待地咆哮了起來。

為了讓他相信自己的話，鄭海濤也是豁出去了：「是真的，尤娜也可以作證，前兩天她和我曾一起被灰人派來的變異猿追殺！」

聽到這話，米切爾・伯格回頭看了一眼尤娜，尤娜馬上點點頭說道：「是有這麼回事，但那天外頭天很黑，我也看不清那些追殺我們的怪物到底是什麼。」

「那麼雷德蒙，你所謂的灰人滅亡人類病毒證據在哪裡？我要看最關鍵的東西！」

雷德蒙早就在等米切爾這句話了，他馬上把鄭海濤給他的小型資料記憶體拿了出來，「就在我手裡，大長老閣下，但因為這裡全部資料都是外星語系，在我放映給你看之前，我需要傳一個翻譯過來，請你允許。」

米切爾抬抬手示意雷德蒙繼續，於是在雷德蒙的招呼下，悟空大搖大擺地從臺階上走了下來。眾人見了這隻行為舉止與人無異的猴子無不嘆為觀止，驚奇之餘又紛紛對著它品頭論足起來，悟空也感受到了這份不友好氣息，它齜著牙正要發作，雷德蒙卻從後面拉住了它：「先辦正事要緊！」隨即雷德蒙一按手中資料記憶體的按鈕，先前的立體畫面再次迸射出來，悟空仰頭盯著畫面上一行行飛馳的蝌蚪符號外星文馬上開始了它的工作。

「這上面說我們預計地球時間西元二〇一九年正式把HT－3n5病毒投放到美國，中國，俄國和歐洲各大人口密集城市，通過空氣傳播和人類之間肌膚接觸，預計3個月之內滅亡全人類，之前這種病毒在非洲試驗後已經產生了效果，三個小時之內在剛果地區奪走了用於實驗的80萬人性命。現在HT－3n5正在第七層實驗室培育間內進行大規模複製，病毒樣本也寄放在那裡，在計畫開展後以上幾種新型生物都是替代人類的最佳選擇……嗯，下面的這些應該是HT－3n5病毒因數的分子式。你們看，很奇怪吧，與一般病毒不同，這個HT－3n5的分子竟然沒有去氧核糖核酸……」

「好了，Woo-kung，謝謝你。」看到悟空開始興致勃勃地分析起病毒化學式來，雷德蒙馬上打斷了它，接著轉向米切爾說道：「怎麼樣，大長老閣下，現在一切證據都表明灰人就要對我們下手了，您還堅持之前那所謂維持二者平衡的觀點嗎？」

這時尤娜也跟著說話了：「大長老，拉蒂斯塔人並沒把我們當做盟友，先前我們去湖灘攔截中國人的時候，道西基地裡的飛碟從湖中飛出來，把我帶去的人都殺光了。」

米切爾嘆息了一聲沒有說話，內心似乎很是糾結。雷德蒙看在眼裡上前一步繼續說道：

「米切爾，不要再猶豫了，灰人的野心可是遠遠超出了我們的政客，自從一九五四年和艾森豪簽訂道西條約後，它們用了50年完成了對人類的殖民統治，現在整個美國上到參議院、下到軍隊裡都有灰人的代理人進入，他們數量還不在少數。自從和它們開展所謂的合作以來，灰人可以指示刺殺甘迺迪總統，也可以扶持雷根上臺，整個美利堅共和國早已淪為了它們的殖民地，想必你也有所耳聞，可是米切爾你卻為何一直視而不見呢？難道就不能為後世子孫考慮一下嗎？」

「那你為什麼不去找國會？」一番沉默後米切爾終於發聲了。

雷德蒙苦笑一聲：「我剛才就已經說了，整個美國政府裡都安插了它們的代理人，還記得96年菲爾施耐德事件嗎？如果我現在就把此事報知國會，不到兩個小時它們在道西基地裡就會知道地一清二楚，而我們的政府還是會無動於衷。所以是時候了，米切爾！我們必須再對道西基地來一次突襲，趕在它們把病毒擴散到地面之前阻止這一切發生！」

「我們？」米切爾重複了一遍，用疑惑的眼神望著雷德蒙，以為他用錯了詞。

雷德蒙點了點頭：「是的，大長老閣下，我要和你們結成同盟共同阻止灰人，其實早在卡特政府時期，距第一次道西戰爭後不久，總統就命令成立了X部門和Z部門，X部門負責制訂能夠遏制外星人殖民拓張的計畫，Z部門負責執行清除外星人威脅的行動，這些年來X部門就是一直由我負責的，我想現在是時候出爐我們的X計畫了。」

然而令雷德蒙沒想到的是米切爾對此卻是堅決反對：「不行，不行！我從來不做毫無勝算的事情，更不能拿我麾下上千名組織成員的性命去和你冒險，那是個擁有著人類無法超越的高科技外星基地，外星人的基地安保系統和武器都比我們先進，第一次道西戰爭的時候人類幾支突擊隊進去最後沒有幾人生還，雷德蒙你應該就是那少有的生還者之一吧？」

「是的。」雷德蒙大方地承認道：「但是我並沒有讓你們拿性命冒險的意思，現在道西基地的情況和先前不同了，自從第一次戰役後灰人被迫放棄了被毀壞的第一層基地，這可以作為我們中轉的地方，這幾年我通過道西基地裡我們爬蟲人線民得知，道西基地的外星人已有所減少，現在那裡面灰人族總共不到100個躲藏在基地第七層，蜥蜴人多一些、人數大約在一千五百左右，還有作為灰人雇傭兵或奴役對象的8種外星人合計有800多人，我們這次行動只要進入基地後立刻封鎖地下通往那裡的磁懸浮快列車，阻止它們的援兵抵達，就能在預計的時間內炸毀第七層灰人的實驗室。況且我們這次還有了嚮導，這隻猴子就是從第七層灰人實驗室裡出來的，它是灰人研製替代人類的失敗品。」

「什麼！我說了我不是猴子。」悟空一聽氣地抬頭朝著雷德蒙猛哈了一口氣。

雷德蒙對此卻毫不在意，繼續往下試圖說服米切爾：「你們有一千餘人，我可以與Z部門聯絡徵調所有的行動組，也有一千人左右，還有參加過第一次道西戰爭和Z組退役的老兵，一共有200人，在人數上它們不會佔優勢。」

「我擔心的不是這個問題！」米切爾．伯格冷冷地說：「想想看吧，道西基地安置的防禦系統你怎麼攻破？那裡還停泊著無法估算的戰鬥飛行器和飛碟，還有由各種外星人組成的星際聯軍守備基地。到時候你會面對來自地面和空中的雙重打擊。這不是肉搏戰！雷德蒙，你光考慮人數是沒有意義的。」

聽了米切爾上述的話，鄭海濤心中咯噔一沉，小聲對雷德蒙道：「是呀，對方有飛碟，這對我們來說確實不佔優勢。」

誰知雷德蒙卻滿不在乎地說：「我們也有飛碟！而且是兩架重量級的，據爬蟲人提供給我的情報，道西基地裡停泊的所有飛碟裡還沒有可以與它媲美的，這屬於國防部級機密，一般鮮有人知道，但事到如今它也被列進X計畫裡，可以解密了。」說到這兒，雷德蒙還怕眾人不相信，打開自己手機相冊調出一張照片，高舉手機環轉了一圈。鄭海濤看到圖片上的東西後不由倒吸了一口冷氣，那竟是一架巨型納粹飛碟！

米切爾也是吃驚不小，他語無倫次地嘟囔著：「你，你們是怎麼搞到的？」

「一九四五年二戰快要結束前夕，美國軍隊在德國易北河勞恩堡地區俘獲了一名喬裝便服的黨衛隊官員，從他隨身攜帶的提箱裡搜到了一捆印有納粹標記的飛碟草圖和圖檔。納粹稱這東西為隆采圓盤，它採用的是無煙無焰發動機，只需水和空氣就能運轉，通過爆炸產生能量。共有12台這樣的發動機環繞圓盤安置，它的飛行是靠發動機噴出氣流後產生的反作用力，在飛碟上空產生真空區，飛碟由此靠真空區提供的巨大升力可以自由起降。它的優勢是在空中無需轉彎就可以自由改變方向飛行，還可以懸浮在空中和上下快速直升起降，速度是每分鐘４公里，正好適用於對道西基地的攻擊。當然這項技術依舊是納粹科學家和灰人共同開發的，但只造出了兩架，從照片上的體型你就可以看出，每架一次至少可以運載一千五百人，那時納粹德國已輸掉了主戰場的所有戰爭，而納粹飛碟的使命就是儘量接走第三帝國的人才精英，到南極去建立納粹基地。最後那個被我們俘獲的黨衛軍官為活命交代了一切，包括供出了參與納粹飛碟的研製者們。此後美國用了20年時間去通緝那些人，一九六八年我們的特工在阿根廷抓獲了一個叫里威爾的前納粹份子，經證實他就是當年與灰人一起設計納粹飛碟的唯一還在世的科學家。把他弄到美國關押後他供出，兩架飛碟在柏林被攻陷後就帶著兩千多名納粹黨衛軍，啟程開往南極去了，他們的新領袖就是馬丁．鮑曼。但當我們想再獲得更多情報時他卻離奇地死掉了。所以在日後南極搜索納粹基地時費了我們很多時間，包括79年第一次道西戰爭時都沒找到納粹飛碟，直到一九八二年美國中情局終於在南極發現了這兩架飛碟，但當初跟飛碟在一起的那些納粹份子卻消失得毫無蹤影，連屍體都沒有發現。那時我負傷退役，因在道西戰爭中表現不錯被安排進中情局工作，所以我也到南極參與了飛碟的接收工作。為了逐步搞清納粹飛碟的性能，中情局當時成立了一個臨時部門，彙集了眾多空氣動力學家、工程師甚至當年負責為納粹維護納粹飛碟的退休人員，我現在還認識其中一個飛行器操控專家的兒子，叫華萊士．里爾，他和他父親約翰．里爾一樣都曾接觸過ＵＦＯ，大致知曉飛碟飛行原理，也能夠操控飛碟，所以這次進攻道西基地，我也會邀請他參加！」

米切爾耐著性子聽完雷德蒙這番長篇大論後，似乎還是有些顧慮。他沉思了片刻後說道：「我是猶太人，我們猶太人有句名言『不要聽信空口開處方籤的醫生』。所以雷德蒙，你先去把納粹飛碟搞過來我們再繼續往下談，據我所知如果納粹飛碟真的被我們找到了，那它應該在中情局手裡，做這些事你需要多久？」

雷德蒙微微一笑：「是的，如何搞納粹飛碟那是我的事，但我可以向閣下保證，我和約翰．布倫南（歐巴馬時期美國ＣＩＡ中情局局長）私交非常好，你給我五天時間吧。」

「好！」米切爾滿意地點了點頭，「如果你沒有胡說，真的能將納粹飛碟帶回來，我會考慮你的建議，但現在……我需要人質，把中國人留下！」

「不行！我答應過鄭要帶著他離開，但我可以把它押給你。」雷德蒙說著一指悟空，悟空一臉不知所措。

「那是人質嘛！」米切爾氣地一跺腳，跟著像是突然想起什麼似地回頭招呼道：「尤娜，魯比斯，你們跟著雷德蒙先生一起去，協助他接收納粹飛碟。」

「是！明白！」米切爾身後，尤娜和先前半路攔截雷德蒙的大光頭齊刷刷地回答道。

「還有件事……」眼看會面就要結束了，急得鄭海濤趕緊插了句話進來：「可不可以先釋放我的弟弟和朋友？」

「不可以！」米切爾一口拒絕道：「在屠龍會沒有改變立場之前，我隨時都會把他們給道西基地送過去。」

雷德蒙見狀忙輕輕扯了下鄭海濤的袖子說：「鄭，先跟我走吧。相信我，我一定會讓他們釋放你弟弟的，但不是現在。」

從屠龍會聖殿出來後，雷德蒙驅車帶著鄭海濤，尤娜和魯比斯來到了一家麥當勞，趁魯比斯排隊去買食物時，雷德蒙在桌子上攤開一張世界地圖對餘下的人說道：

「好了，現在說說我們的計畫，大概明天布倫南就能批准我的請求，到時候我們先飛阿根廷，在那裡有人接應我們，他們會開私人飛機帶我們去南極，因為納粹飛碟的一些性能我們還沒搞明白，所以那兩架飛碟現在還安置在那裡，不過在這之前我們要先找到華萊士．里爾，他的父親老里爾在79年道西戰爭時曾駕駛飛碟參加了對基地裡被綁架者們的營救，他繼承了他父親這方面所有的技能，但我也很久沒見過他了。」

「可是……我們為什麼非要去阿根廷坐飛機，在這裡坐軍用機直接去南極不是更省事嗎？」聽了雷德蒙的安排，鄭海濤不明就裡地問道。

「笨蛋，這不是官方批准的行動，到哪裡去調軍用機？一切都是偷偷進行，布倫南也是和我有言在先，如果我們這次行動中間出了任何差錯，他都會予以否認。」

正說著雷德蒙的電話突然響了，他接通後聽了片刻，起身對鄭海濤和尤娜說：「我的屬下在外面找我談點事情，一會兒東西端來你們先吃，這裡的薯條不錯。」說著他起身推門走了出去，鄭海濤順著雷德蒙的方向望去，果然看到一個人正等在那裡，但再一細看嚇得他不禁大叫起來：「雷德蒙！快點回來，外面你要見的那個人就是上次你派去給我送錢的，他已經被殺了了！」

聽到鄭海濤的警告，雷德蒙一怔，不由地停住了步伐，那名屬下則馬上朝他飛奔而來，這突然發生的一幕讓尤娜立即從繫在大腿的槍套裡拔出手槍，衝到雷德蒙身邊對迎面而來的男子警告道：「先生，請你立刻停下來，不然我要開槍了！」

但對方卻毫不在意，與此同時他的臉上開始湧現起一個個鼓包，很快就把五官都擠變形了，在這種情況下尤娜果斷的朝著那人腿上連開了兩槍，將對方打倒在地，而槍聲也使得周圍的人們尖叫著四下逃散。那人雖倒在地上卻仍在掙扎，在這個過程中有一名男子正好跑過，被他一把抓住腿，這時他的身上也像臉部一樣發酵起了無數湧動的鼓包，那被抓住腿的路人看到這一幕嚇得哇哇大叫，接著就聽轟得一聲巨響，被尤娜擊倒的男子自爆了，就連被他抓住腿的路人也未能倖免被炸得血肉橫飛。

巨大的響聲很快就讓周圍店鋪警鈴大作，趁亂雷德蒙連忙帶領眾人逃離了現場。直到上了車他仍舊是驚魂未定，似乎還不能從剛才的事件中緩過神來，為此他用略帶責備的口吻朝鄭海

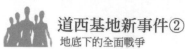

濤抱怨道：

「鄭！這麼重要的事你怎麼不早點和我講！」

「之前你也沒問呀。」鄭海濤小聲嘟囔了一句。

尤娜見狀連忙出面打圓場：「好了，就不要相互指責了，剛才那傢伙是怎麼回事？既然已經死了，為何又復活了還能自爆？」

「不知道，一定是道西基地裡灰人搞的鬼，它們的技術遠遠先進於我們，很多在我們看來不可能的事情它們都能做到！」雷德蒙忿忿地說著一踩油門，將車開上了高速公路。

「我們現在去哪兒？」鄭海濤問。

「去找能替我們把納粹飛碟開回來的人！」

就這樣兩個小時後，雷德蒙他們的車駛到了道西鎮郊外一家獨門獨院的二層小洋樓前，當大夥準備下車時雷德蒙卻阻止道：「這傢伙就像他老爸，天生孤獨不喜歡一次家裡來太多人，你們在車裡等著我進去找他。」

而趁雷德蒙進屋找人之際，百無聊賴的鄭海濤用手機輸入兩個關鍵詞：道西基地，約翰・里爾，一搜尋很快就搜出了他的事蹟，和雷德蒙說法不謀而合，在第一次道西戰爭中，正是這個里爾駕駛著從之前事故裡繳獲的外星飛碟衝入道西基地，接走了被解救的人質和特種部隊倖存的殘兵們。「這真是個傳奇人物呀！」看著網上里爾年輕時候的照片，鄭海濤在心裡感嘆道。

這時屋子的門再次打開了，雷德蒙走了出來，「夥計們，見見我們的華萊士·里爾！」他朝著車裡人叫道。

雷德蒙的叫聲打斷了鄭海濤的思緒，他抬起頭看到雷德蒙身後跟著一個身高1米8、200多斤、帶著眼鏡的大胖子，大概是營養過剩的緣故他臉上始終紅撲撲的，鄭海濤急忙又低頭看了一眼手機上臉頰深深凹陷，眼窩襯著骨頭的老里爾照片，忍不住暗自感嘆：「這是親生的嗎？」

這時華萊士·里爾的所有注意力都在雷德蒙給他的納粹飛碟照片上，他捧著那張黑白照片激動地手舞足蹈：「雷德蒙！這是真的嗎？天殺的，你做到了，我還從來沒試過這樣的龐然大物，我是說我操控過很多種UFO，但我也一直夢想有朝一日可以親自試飛納粹飛碟！」

「現在這不就是機會嗎？」雷德蒙微微一笑說道：「這麼說你已經同意和我們一起出發了？」

「當然，不過你們得等我一下。」里爾說著便跑了回去。等他再出來時，雙手拖著一個垂地的大編織袋，裡面裝滿了以肉類為主的食物。

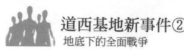

鄭海濤見狀忙跳下了車，「我還是另外叫輛車跟著你們吧，我怕車裡坐不下。」

「別鬧了！」雷德蒙喝止住了他，「我們馬上就要出發去南極接收納粹飛碟了。」正說著一個電話打了進來，雷德蒙接完電話後馬上興奮地向眾人宣佈道：「好消息！剛才布倫南已經同意我的計畫了，夥計們，我們明天就去阿根廷！」

「Woo～」聽到這一消息，所有的人都歡呼了起來，鄭海濤也在其中，但在歡呼之餘對這趟南極之行，他心中卻隱隱總有一絲不祥的預感。

第十二章 納粹飛碟

我們不能把我們在某個領域的創紀錄成就歸功於自己，我們曾經受過來自另一個世界的人們協助——赫爾曼·奧博特（納粹飛碟創造者之一）

二〇一五年6月14日，一架載滿供給的機廂內，鄭海濤縮在靠窗的角落裡，百無聊賴地望著窗外稀薄雲彩下的浩瀚大海。此時距從美國出發已過了兩天時間，他們抵達阿根廷首府布宜諾賽勒斯後乘船前往火地島，在那裡兩個中情局工作人員接應他們登上了一架專為美國南極監測站輸送供給的運輸機。此刻鄭海濤環顧四周，經過幾個小時的長途飛行其他人早已昏昏欲睡，只有尤娜還醒著，坐在對面箱子上一動也不動地盯著他。

鄭海濤被看得有些尷尬，他想主動找點話題，可準備張口時卻突然發現自己和眼前這位高冷美女好像沒什麼可以說的。就在這個時候飛機顫了一下，鄭海濤被撞向另一側，在這個過程中他兜裡的錢包張開著掉了出來。鄭海濤正要去撿，對面的尤娜卻指著錢包一側夾有鄭海濤和女友合影的照片說道：「我能看看嗎？」

「當然。」鄭海濤說著將錢包撿起遞了過去。

尤娜看著照片調皮地調侃道：「她真漂亮，你和她一點也不相配。」

噗嗤，鄭海濤笑了出來，尤娜也跟著笑了，氣氛一下就活躍開了。

但尤娜剛才那句話一下又將鄭海濤的思緒拉回了過去，他從尤娜手裡接過錢包望著照片，不禁又傷感了起來。

「她很漂亮，追求者也不少，但是她選擇了我，就憑這點我也不能辜負她，可是這次我實在是沒用，明明知道她在哪兒可是卻救不了她，從道西基地出回來後我試著忘卻，後來發現那更糟，我心裡也沒有為此感到舒服。」

尤娜見狀似乎也被感動了，她走過來主動把手搭在鄭海濤的手上說：「你真的是個很有責任感的男人，雖然有時候你很猥瑣。」

「誒，你這是誇我嗎？」聽了尤娜的話鄭海濤更加尷尬了。

「好吧，好吧。」尤娜邊說邊舉起雙手，「如果以前那個混蛋能對我這麼好就好了。他是軍人，很健壯也很幽默，那時我還是小姑娘所以被迷得要死。我曾想嫁給他，但他好像不滿足一輩子只面對一個女人……」

「我很遺憾聽到這些。」鄭海濤真切地說道：「當我們面對喜歡的人卻發現最終無法在一起時，選擇放棄也是正常的。」

「那你放棄了嗎？」尤娜突然問道。

一涉及到這個問題，鄭海濤馬上變得有些語無倫次：「我不知道，其實當初我執意要來這裡找人，我周圍的親戚朋友都不是很理解，因為這個舉動他們把我視為怪胎。中國人很實際，實際到可怕，就算有一天自己愛的人遭遇不測失蹤了，日子也是要過下去的，所以多數人都會選擇回避，讓時間淡忘這一切，我只是不想這樣做，不過從道西基地出來後我確實沒有組織第二次營救，因為我再也沒有那個能力了。」

正說著飛機又是一陣動靜不小的顛簸，把正打瞌睡的雷德蒙、魯比斯等人也驚醒了。正當大家面面相覷時，飛機駕駛艙門被拉開了，帶領他們上飛機的中情局特工走了出來。

「夥計們，歡迎來到南極。我們正在它的上空，馬上就要抵達監測站了，大家做好準備吧。」

而就在那人說完轉身要走之際，雷德蒙叫住了他：「等等，彼得，那兩架納粹飛碟現在還好吧？」

「是的，它們一直停在被發現的溶洞裡，我們在那兒設置了封鎖線，剛發現的時候國家如獲珍寶，但這幾年好像也沒有人再提這事兒了。以前他們一直在說發現了納粹飛碟就等於找到了納粹基地，可我們把南極差不多都翻遍了也沒發現那個傳說的基地。」

鄭海濤一聽立刻來了興趣插了一句話：「這麼說納粹基地真的確有其事呀！」

「那是肯定的。」雷德蒙點了點頭，「要不然你以為為什麼二戰後阿根廷會是德國納粹首選的逃亡地？因為納粹們知道第三帝國在南極建立了基地，阿根廷正好離那裡不遠，這樣就方便他們日後可以前往那裡效命。可是那個基地藏匿得太好了，不要說那些抱著幻想的納粹分子，就連美國搜尋了這麼多年到現在都沒有發現。」

正說著飛機已開始緩緩下降，鄭海濤透過機窗看到下方一片皚皚白雪中排列著兩行平房，「這應該就是美國的監測站了。」他想。隨著飛機降落時伴隨的巨大轟鳴聲，一些人陸陸續續地從平房裡跑出來，站在雪地裡對著飛機招手大聲歡呼。在他們眼中，每次飛機的抵達都意味著更多的新鮮水果和罐頭。

「現在這個基地裡一共還有多少人？」望著窗外，雷德蒙用足以蓋過噪音的嗓門大聲朝彼得問道。

「這裡現在是十個人，還有五個在輪班排休，不過這些人足以應付一切狀況。」

「那你們藏納粹飛碟的地方在哪裡？離這兒遠嗎？」

「和你說過了，飛碟就在那個被發現的天然溶洞裡，距我們的監測站30公里，不過在飛碟所在地我們也設置了崗哨，輪班派人看守。」

聽到這些情況，雷德蒙想了想說：「那好，到時候你和下面的人說一下，我們需要他們的交通工具和更多人手。」

彼得做了個OK手勢後轉身返回了駕駛艙。飛機降落後，早已等待在那裡的基地人員馬上一擁而上，很快就把艙內的補給搬了個精光。趁這個時候，彼得給雷德蒙帶來了一個身材高瘦、戴副眼鏡，看上去文質彬彬的中年人。

「這就是監測站的負責人安德魯，有什麼事和他談吧。」彼得說完便轉身返回飛機區、協調卸貨去了。

在兩人簡單的握過手後，雷德蒙就直接切入了正題：「我帶來了一些人，我們需要去檢查那兩架納粹飛碟，你們這裡可不可以提供雪橇車和嚮導？」

「沒問題！」安德魯一口答應了下來：「你們趕緊把那東西弄走吧，最近還有傳聞說俄羅斯不知怎麼也知道了這件事，派遣了大批間諜過來想把飛碟搞走，弄得這裡也跟著緊張。」

就這樣在監測站長安德魯的安排下，雷德蒙一行人和特工彼得外加兩名監測站嚮導一共八人，分乘四輛雪橇電動車在茫茫雪海中排成一列，向著納粹飛碟所在地駛去。一路上坐在後座的鄭海濤放眼望去，周遭都是無盡的白色世界，由此心情也變得舒暢了許多。他閉上眼睛深深吸了一口南極的空氣，頓時令在北京吸慣了霧霾的肺倍感清爽。這時也不知是誰大喊一聲：「快看左邊！」

鄭海濤順著提示的方向看去，只見不遠處一群黃橙相間的皇帝企鵝圍成一個圈子簇擁在一起，鳥頭攢動顯得頗為壯觀。他本想用手機把這一刻記錄下來，可隨著車子一晃而過，眼前這幕很快就被遠遠地甩在了車後。

半個小時後他們終於抵達了目的地──一處凹陷在峭壁上的巨大天然洞穴。

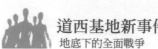

「就是這裡了！」嚮導跳下電動雪橇車，指著上方的洞穴對雷德蒙說道：「很遺憾，你們不得不爬上去了，我為你們準備了繩索。」

嚮導正說著，從洞穴裡又跑出兩個穿著美國國旗羽絨服的白人，對著他們揮舞著手臂。

「天吶！我可不擅長這項運動。」望著距地面還有一定高度的洞穴，里爾晃動著他那200斤的身軀大聲抗議起來。

「你必須要上去，我們中只有你操控過飛碟！」雷德蒙說著將嚮導遞給他的繩索拴到茅鉤上，開始做攀登前的準備。很快地所有人都攀上了峭壁，只是到里爾這裡遇上了些麻煩，雷德蒙他們只得用三根繩索拴到他的腰上，八九個人站在高處拽著另一頭繩索將他吊了上去。

當一行人進入到洞穴後，他們終於見到了期盼已久的納粹飛碟，眼前這架標著黑色鐵十字的巨大雙層圓盤閃爍著銀灰色光芒，表面光滑無潔，周身無任何人為接縫或鉚釘痕跡，在它身後還停著一架看起來一摸一樣的飛碟。鄭海濤仰頭注視著這一切，越發覺得它是那樣的雄偉。

這時里爾走上前，伸手輕輕觸碰了一下碟身，激動地大叫起來：

「製造這架飛碟的材料來自外太空，這是一種帶溫度的記憶金屬，只有拉蒂斯塔人才有這樣的東西！」聽他這樣一說，其他人也都跑過去觸碰飛碟，鄭海濤也試著摸了一下它的沿壁，感覺手上暖暖的。

就在這時彼得和嚮導攀上了飛碟，他們在雙層圓盤中間邊緣打開了一道入口，對雷德蒙叫道：「就是這裡了，裡面有些地方看著和我們的環境很像，但駕駛艙裡那些裝置我們到現在都沒搞懂，所以這玩意兒也就一直停在這裡！」

「還是讓我來吧！」里爾說著撐起自己笨重的軀體，努力向著入口處攀去。出於好奇鄭海濤也緊隨他身後，在彼得他們的接應下二人一前一後進入到飛碟內部。裡面異常寬敞，呈環形，分上下兩層，兩層之間連有樓梯，一樓看著更像是一座環形大客廳，長廊壁四周環繞著一扇扇門，中間圓形空心地方有一根柱子從底部一直通到飛碟頂端。

「這是飛碟的反物質反應堆動力源。」里爾指著那根柱子說：「典型的灰人飛船設計風格。」

這時雷德蒙也鑽了進來，他仰頭環視著飛碟內部對里爾說：「你能把它開起來嗎？」

「我試試吧。」里爾剝開一塊巧克力放進嘴裡咀嚼幾下接著說：「目前而言，光顧地球的太空船有上百種，但這些年政府繳獲和回收拉蒂斯塔人的飛碟是最多的。我和我老爸過去基本上只和這種飛碟打交道，我還沒有去看它的駕駛艙。如果這真是灰人幫助納粹研製的，我想我會有辦法讓它啟動，因為我已經摸透了灰人製造的飛碟控制系統。」

「那還等什麼，我們上去看看。」聽了里爾的話，雷德蒙不由分說地把他推上了二樓的駕駛艙。

不同於第一層，第二層的駕駛艙內空間並不大，裡面也並非常人想像的那樣佈滿各種精密儀器，艙內靠西側立著一張螢幕控制台，由於沒有電力始終黑著屏。它的中央高高升起一張座椅，扶手兩側各有一個類似水晶球似的東西。座椅下方立著一隻拉桿，頂板上墜著一個更大的透亮球體，座椅正對的前方壁面被做成了雷達監測屏。

看到這一幕，里爾不禁由衷地感嘆道：「太神奇了！他們把兩種技術結合在一起，創造出了這個奇跡！看到這個座椅旁邊的三個球體沒有，這是灰人駕馭飛船的方法，如果我沒猜錯的話，通過角落裡那個控制台一樣能把飛碟開起來，但這是人類的技術，也就是說這個駕駛艙有兩套啟動飛碟的程式，但首先我們應該恢復它的電力。」

「你有什麼好辦法？」雷德蒙問。

里爾沒回應，轉身跑下樓來到反物質反應堆動力源柱跟前，這裡摸摸那裡看看，很快他就在柱子後面找到了一處孔眼，然後回頭朝著正在四處參觀的眾人叫道：「你們誰幫我把我裝電腦的背包拿來，這應該能接通資料線，我用特製的駭客程式密碼看看能不能啟動它。」

而在里爾跪在那裡對著筆記型電腦忙碌的時候，鄭海濤卻趁機下到了一樓環形大廳裡。在好奇心的驅使下他隨便推開了一扇門，裡面是一個標準的宿舍間，房間每個角落裡都放置著一個上下鋪，牆上還貼著一張第三帝國宣傳畫，畫面上是一個金髮碧眼的日耳曼青年，昂首挺胸揮著拳頭，看上去和上世紀60年代的中國文革海報很像。只是因為有了年頭，海報紙張已經發黃，很多地方都看得不是那麼清楚了。他退了出來又打開隔壁的門，還是一模一樣的宿舍。

這時不遠處只聽尤娜叫了起來：「快來看我發現了什麼！」

鄭海濤順著聲音跑了過去，原來大廳東邊還有一條小暗道，穿過它後映入眼簾的是一個可以容納幾百人的大餐廳，阿道夫．希特勒的巨型畫像高高地懸掛在那裡。餐廳內都是可容納十人以上的大圓桌，桌椅都還齊全，看著這一切不由地讓人產生了一種重回40年代的錯覺。

「他們當時一定做好了在飛碟裡長途旅行的準備。」尤娜說著走到一張圓桌前，隨手拿起了桌上一個咖啡杯看了看。

而鄭海濤依舊有很多不解：「可是他們究竟到哪裡去了？這麼多人怎麼說消失就一下都沒了。」

這時他們腳下忽然一陣劇烈晃動，尤娜沒站穩「啊」的驚叫一聲向後跌去。鄭海濤急忙上前想要扶她，卻不料尤娜一頭砸在他的懷裡，連帶著兩人一起倒了下去，直到摔在地上鄭海濤仍舊保持著雙手緊緊摟住她身體的姿勢。尤娜也發覺了這點，她馬上掙脫開，紅著臉抬手要打鄭海濤，但巴掌掄到半空卻又停住了。「我不是故意的……」鄭海濤忙低聲囁嚅著說道。

「誰知道你是不是，你這樣解釋只會更加猥瑣！」尤娜說完便生氣地走了出去。

鄭海濤也跟著來到飛碟大廳裡，只見那裡的人們都在歡呼，原來里爾已經成功地用駭客密碼啟動了飛船，但比起那些歡呼雀躍的人，里爾卻表現得比較理智。

「現在反物質動力源產生的氣流已經讓飛碟底部離地了，但我們也只成功了一半，我現在要去駕駛艙把這玩意開起來，你們誰願意當我第一批乘客？」

他的話音一出，人群頓時安靜下來，接著全都三三兩兩地撤了出去，只有鄭海濤和雷德蒙沒有走，里爾激動地上前給了他們一人一個擁抱說道：「謝謝，謝謝你們，你們將會是第一批乘坐飛碟旅行的人，這將會讓你們終生難忘……」

「別廢話了，華萊士！」雷德蒙半開玩笑地說：「我不走是因為我幫自己買了一百萬美元的意外險，你不會真的令它成真吧？」

「呀！我還沒買保險呢！」鄭海濤一拍腦門叫了起來：「只是不知坐飛碟出事的話，保險公司賠不賠？」

「好啦，你們要相信我！」里爾說著來到頂層駕駛艙內，此時隨著電力恢復，那裡面的控制台螢幕和雷達監測屏也都亮了起來。他坐到了椅子上，用手一撫扶手左側的球體，面前馬上出現了一幅鐳射構成的飛碟外部場景畫面，這讓站在座椅身後的鄭海濤都看呆了，里爾又接著撫動了一下右側的球體，椅座上方的大型透亮球體馬上就被數股電流環繞，並發出呲呲的對沖聲。

這時里爾大叫了一聲：「大家準備好，我們要起飛了！」說著他同時按下扶手兩側的水晶球。只見鐳射畫面上的座標開始緩緩攀升，但站在艙內的鄭海濤卻一點感覺也沒有，這不禁讓他很困惑。

「怎麼回事？這東西沒飛起來嗎？」

面對鄭海濤的疑問，里爾哈哈笑著一指鐳射畫面說：「我們現在早已升空100米了，不信你可以到過道裡有玻璃的地方往下看看，你沒有感覺是因為飛碟內部自帶著重力自動調節系統，一旦起飛後仍能讓你在飛碟裡像在地面那樣自由活動。」

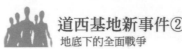

聽里爾這麼一說，鄭海濤跑去過道，湊到窗前向下一看，果然地面已在三百丈之下，下面的人小到只能看到個輪廓。

「好吧，現在我要做90度無需轉彎的自由飛行，你們和我一起見證奇跡吧！」里爾說著對鐳射畫面又開始表演起來，雷德蒙卻在這時打斷了他。

「別光顧著玩。我問你，你估計它的飛行速度一小時可以達到多少？」

「1小時二千二百公里完全沒有問題，它配備的可是反物質反應堆，這是灰人最先進的技術，就好比是一輛跑車最好的發動機，靠它我甚至可以超越這個速度！」里爾說著忽然又像是有了新的發現。「我給你們看一個好玩的！」他說著用左手輕輕地把水晶球稍微向上提起了一點，不一會兒功夫鄭海濤的手機就響了，他一看是尤娜打來的：

「怎麼回事？飛碟突然一下子就消失了，你們到哪裡去了？」

「她說我們的飛碟消失了。」鄭海濤舉著電話一臉狐疑地朝里爾和雷德蒙說。

里爾哈哈笑道：「飛碟沒有消失，事實上我剛才試著將它隱身了，這種製造飛碟的記憶金屬本身也有隱身功能，但是它隱身的時間不會太長，大概只能維持一個多小時左右，現在我得讓它復原了，因為開啟隱身模式也要消耗飛船大量的能量。」

「那足夠了。」雷德蒙說：「先把飛碟開回監測站藏好，我回去協調好參戰部隊，里爾你就開著它接我們去道西基地。」

「可是這裡有兩架飛碟呢，一次搞不走吧？」鄭海濤馬上提醒道。

然而里爾卻似乎並不把這當成一回事。「放心吧，灰人設計的飛船都有一個牽引功能，就是一架人為控制的飛碟可以牽引同型號的無人駕駛飛碟一起飛行，我以前操控過這種模式。」

「那好吧，讓大家都上來，我們回監測站去。」

聽里爾這麼一說雷德蒙也踏實了下來，可就在這時一旁的鄭海濤卻不經意地發現飛船雷達監測屏上，距飛碟十幾公里的地方突然冒出了一塊正方形區域，一批實心紅點正源源不斷地從那裡冒出來，向著前方快速移動。鄭海濤立刻把這一發現告知了其他人。雷德蒙心裡一突，不好的預感頓時油然而生，但他還是壓下心裡的疑惑道：「可能是這個飛船的雷達系統搜索到其他國家設在這兒的基地了，等要緊事完成後再去探索一下。」

聽他這樣一說鄭海濤也不便再說什麼了，在雷德蒙的召喚下所有人都登上了納粹飛碟，隨即里爾再次將飛碟升空並開啟了隱身模式，以每分鐘20公里的速度牽引著另一架納粹飛碟低速向美國監測站飛去。儘管里爾用的是最慢速度，但他們還是只用不到半根煙的功夫就抵達了目的地。當兩架納粹飛碟在監測站上空一顯身，立刻就引起了一陣不小的騷動。飛碟剛一降落，不少工作人員就湧上來爭著和它們合影，雷德蒙見狀連忙吩咐彼得說。

「待會兒告訴下頭，讓他們別玩了，趕緊找東西把這兩架飛碟蓋起來，千萬不能讓俄國人知道。」說完他便準備要下去，正在這時里爾喊住了他。

「雷德蒙，還有一件事……剛才我檢查了整個系統，發現飛船裝載鐳射炮的部分被人為地卸掉了，也有可能是當初德國人根本就沒有安裝這些東西。」

「什麼？」雷德蒙乍一聽還有些不大相信自己的耳朵，「你是說我們現在開回來的只是一架大型高速運輸飛船？」

里爾點點頭：「理論上是的，如果你還一直不能找到符合這架飛碟尺寸的鐳射武器的話。」

「見鬼！」雷德蒙氣地狠狠一跺腳，轉身離開了駕駛艙。大概是因為這次遭受的打擊實在不小，他沒有向其他人那樣下去吃飯，而是把自己關在飛碟內底層的德軍宿舍裡。看到這一幕，鄭海濤本想過去勸勸他，卻被尤娜一把拉住。「算了，隨他去吧。」

儘管這樣，鄭海濤也是一肚子的不解：「可是，為什麼德國人不給這麼先進的飛船配備武器呢？他們如果用這兩架飛碟參戰的話，也許二戰進程還會改寫。」

「你問了一個好問題。」里爾坐在駕駛艙椅子上，搖頭晃腦地說：「據我父親後來搜集到的納粹飛碟資料來看，德軍是從一九四三年開始研製這一專案的，到了一九四五年第一次試飛時，飛碟還處於半成品狀態，可那時距柏林的陷落已不到一個月的時間了，希特勒也知道從時間上考慮，這項新科技也無法扭轉戰局，就把它們當做運輸飛船去開闢新的基地，這也許是以當下我們所掌握的情報來看，最合理的解釋了。」

就在這時前方的雷達監測屏突然響起了一陣「嗶嗶」的警報聲。眾人循聲看去，只見螢幕上先前鄭海濤發現的那波紅色點群正快速地向前移動，與飛碟的座標距離也在逐漸縮短。

「它們往這邊過來了！這到底是什麼東西？」鄭海濤大叫起來。

尤娜沒有吭聲就轉身跑了出去，站在飛碟入口處朝著基地裡的人們喊道。

「大家注意了！有一波不明生命體正朝著這裡衝來，它們很快就要到了，請大家拿起武器提前做好戒備！」

聽她這麼一喊，人們先是面面相覷，直到尤娜又大聲重複了一遍，人們才慌忙丟掉手頭的工作，跑回屋內去拿武器。

鄭海濤也跑了出來，他見下面一些工作人員正端著槍瞄準前方做戒備，不禁對尤娜建議道：「對方應該還有不到一分鐘就會出現，我覺得還是應該讓大家都上飛碟避一避，畢竟我們還不知道那些是什麼東西。」正說著下頭突然有人喊道：「他們來了！是一群人……」

鄭海濤眺望前方，果然看到冰天雪地裡，一群衣著襤褸的白人正拼命向美國監測站方向狂奔而來。基地負責人安德魯大概是想說服對方不要再靠近，他提著手槍迎上去，大聲用英語、俄語、瑞典語試圖與闖入者溝通，但讓人始料未及的是，他一下就被一個衝上來的光頭給撲到了。對方騎在他身上，二話不說叼住脖子就撕咬起來。隨著安德魯撕心裂肺的慘叫聲，有人大叫起來：「它們是喪屍！快開火！」

「嗒嗒嗒……」

「啪啪啪……」

隨著槍聲此起彼伏地響起，那些闖入者的速度卻絲毫不減。子彈打進它們的身體後它們只是晃晃，仍舊繼續奔跑，偶有一兩槍打在腿上，也無法令他們摔倒。很快它們就衝破了監測站防護柵欄，突入院中見人便撲。在這種情形下，鄭海濤連忙返回飛碟駕駛艙對里爾叫道：

「快！把飛碟開下去，讓我們的人上來！」

「好吧！但我不能在那裡停太久！」一面對外面的險情，里爾猶豫了片刻還是咬咬牙讓飛碟徹底著陸了。而此刻基地裡早已是一片血海，下面的工作人員們基本上都被屠戮殆盡了，只剩魯比斯、特工彼得和兩個工作人員面對十幾名喪屍圍攻還在拼死反抗。見子彈對它們無效，魯比斯不知從哪裡弄來一把電鋸，一扯弦對著衝上來的喪屍就劈了過去。只見血光飛濺，那喪屍的人頭頓時被削飛了，失去了腦袋的喪屍似乎還滿有活力，衝上來用雙手死死卡住了魯比斯的脖子，魯比斯只得再次揮動電鋸剁下了它的兩條胳膊。

正在這時從飛碟上傳來了鄭海濤的呼喚聲：「這裡要淪陷了！大家快上來，我們先離開這兒再說！」

倖存者們見狀爭先向飛碟跑去，在這過程中又有兩個人中途被喪屍撲倒，最後只有魯比斯和彼得衝到飛碟前，而在他們身後大批的喪屍緊追不捨，這時納粹飛碟開始緩緩上升了，同時從駕駛艙裡傳來了里爾的聲音。

「它們已經跟過來了，我們不能再等了！不然誰也走不了了。」

與此同時，鄭海濤和尤娜趴在飛碟入口處探出身子，拼命伸手去撈下方的魯比斯和彼得。在尤娜的呼喊下，彼得站起來試圖把手遞給她，卻不料這時腳後跟卻被一隻攀上來的喪屍抓住，他頓時身體失去了重心，慘叫著和那喪屍一起摔下了飛碟。

見此情景尤娜便把所有關注都放到了魯比斯身上，「魯比斯，快點過來，我在這兒接著你，要不然真來不及了，它們也上來了！」

聽到尤娜的話，魯比斯回頭看去，果見四五個喪屍正匍匐在飛碟夾層上朝他爬來。魯比斯乾脆把心一橫，爬起來大叫著向入口撲過去，尤娜看準時機伸手一拉，正好抓住了他的胳膊，鄭海濤也抱住尤娜腰身在後使勁，終於合力一起把魯比斯拉進了飛碟，跟著鄭海濤一個箭步衝到門口急忙地關閉了艙門。

直到這時眾人才放鬆下來，癱坐在地上大口大口地喘著氣，但很快他們就發現自己高興的太早了，那些爬上飛碟的喪屍們正擠在飛碟入口處拼命地拍打著艙門，而在下面許多喪屍依舊追著飛碟奔跑，衝到跟前時便一躍而起抓著飛碟底部設備，吊起在空中來回晃蕩。鄭海濤見狀忙跑到駕駛室對里爾道：「能不能想想辦法把這群傢伙弄下去！」

「沒問題！看我給它們來個好玩的。」里爾邊說著邊操控著水晶球似的設備，將飛碟一下拉升了一千米高度，強大的慣力將那些還趴在飛碟上的喪屍們統統拋了下去。這時雷德蒙也從底層宿舍裡走了出來。「剛才怎麼回事？」他問道。

里爾則擠著眼睛誇張地尖叫道：「雷德蒙，你錯過了一場好戲，我們剛剛正在鏖戰喪屍。

順便說一句，南極監測站剛剛被它們攻陷了。」

「什麼？」雷德蒙大吃一驚，隨即對里爾下令道：「你把它開下去，我要看看。」

當納粹飛碟又恢復到距地面二十米高度後，大夥都跑到過道、貼著窗戶向下看去。只見下方的基地一片狼藉，雪地裡到處橫著屍體，一些喪屍搖搖晃晃地還在原地轉，還有一些三五成群地伏在一起，忙著撕扯屍體，根本顧不上頭頂上空的飛碟。

望著眼前這一切，雷德蒙就感覺像是做夢一樣，「這些東西究竟是從哪裡冒出來的？」

「它們是不是道西基地裡灰人派過來的？」鄭海濤自作聰明地猜測道。

「我倒不這麼想！」魯比斯接過了鄭海濤的話說道：「也許你們可以先看看這個，這是我和它們打鬥時從這些傢伙身上帶下來的！」說著他張開了拳頭，一隻呈黑色、中央是卐標誌的鐵十字胸針赫然顯現在大家視線中。看到這個尤娜驚地深吸一口氣問道：「你是說……它們就是失蹤的納粹軍團？」

「很有可能！」這時好久沒發聲的里爾突然接過了話。

「為什麼飛碟一啟動就發生了這些事情？現在可以斷定這些喪屍就是被這架納粹飛碟召喚過來的，那麼這二者間就一定有關聯，所以我懷疑雷達監測屏上那個新塌陷出來的正方形可能

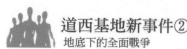

就是我們一直在尋找的納粹基地！」

里爾的這一結論讓所有人都吃驚不小，可當大夥準備就這一話題繼續探討下去時，雷德蒙卻一揮手制止了他們。

「總之那裡不管是不是傳說中的納粹基地，我們都沒有時間去理會它了。剛才我在房間裡想到了一個新方案，我們把納粹飛碟開去內華達州的51區，根據我們之前掌握的資訊，那裡保存著幾架回收的灰人飛碟，它們大部分都還完好。如果可以的話，我們可以將那些上面的設備和我們的納粹飛碟重新匹配。」

「好！就這麼辦。可納粹基地怎麼辦？」聽了雷德蒙的決定，鄭海濤第一個表示贊同，但卻似乎還有些放不下這個新發現。

雷德蒙對此卻一副無所謂的樣子：「我會把它的坐標記下來報給中情局，讓他們再派人探查，我們現在沒有時間去管這些事。」

就這樣，納粹飛碟再次開始攀升，它圍繞著已經淪陷的監測站轉了一圈，開足馬力以每小時二千公里的速度牽引著另一架飛碟向內華達州飛駛而去。借助交通工具的旅途通常是單調的，但對於乘坐納粹飛碟而言似乎卻不盡如此，飛行期間剛剛經歷監測站喪屍殺戮的眾人，這會兒都集中在懸掛著希特勒巨型油畫像的餐廳裡吃著里爾攜帶的各式零食，鄭海濤坐在靠近艙窗的圓桌旁，眯眼望著窗外快速向後飛逝的雲彩，卻聽不到任何一點聲音，即便在穿越一萬六千米海拔的德雷克海峽上空，聚集在那裡的強冷氣流也無法撼動飛船產生一絲顛簸，船艙地板就如同地面一樣堅固平穩，讓待在艙內的人很難相信自己正在經歷一次飛行旅途。

這時飛碟突然開始急劇垂落，儘管艙內的人對此還沒有什麼感覺，但雷德蒙還是通過窗外迅速飆升的雲層發現了這一點，他疾步走進駕駛艙朝里爾質問道：「你在搞什麼！」

「別著急，頭兒！」里爾嚼著口香糖，一邊盯著立體畫面，一邊慢悠悠地撫著一側的水晶能量球說：「雖然我已開啟了飛船雷達干擾功能，但納粹飛碟現在才剛啟動不久，正在積蓄能量，我暫時還不想開啟隱身模式，也就是說我們的飛船仍能被用肉眼觀察到，況且你們不覺得這樣飛行太單調了嗎？我想試試它的另一個功能！」

「你不會要把船開進德雷克海峽吧？」

「是的！天佑美國！從海底出擊。」里爾誇張地叫道。

畢竟這是第一次搭乘飛碟，雷德蒙仍有些不放心：「你確定這架飛碟還能像潛艇一樣承受住德雷克海峽四千多米的水壓？」

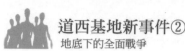

「嘿，老闆，你為什麼不像其他人那樣回餐廳坐好，待會兒好好欣賞一下這趟海底的奇妙之旅呢？可不是每個人這輩子都有機會經歷一次飛碟旅行的。」

當雷德蒙順原路剛走到餐廳門口，他只覺腳下一震，前方的艙窗外都已被海水包裹，隨即無數氣泡緊貼窗戶遮住了眾人視野，當氣泡散盡後他們已經進入了一片淺綠色的無聲世界。

「他竟然把船開進海裡去了，這傢伙一定是瘋了！」魯比斯雙手緊緊扣住艙壁靠窗戶一側的護欄，一臉的驚魂未定，接著當他第二次瞄向窗外後馬上驚恐地大叫起來：「見鬼！我們前方有冰山，要撞上了！」

聽到喊叫聲，大夥紛紛湧到艙窗前仰頭向外眺望，這是一座大自然宏偉的傑作，光目測它的根基就約有百十平方公里。它仍在慢慢的漂移，而納粹飛碟也似乎正被一股無形的力量推動，眼看就要朝著它靠上去了。

「華萊士！你這頭肥豬，這就是你向我承諾的奇妙之旅嗎？飛碟撞冰山？」望著窗外越來越接近的冰山峭壁，雷德蒙終於忍不住大聲咆哮起來。

很快從駕駛艙的方向就傳來了里爾斷斷續續的回應：「大家不要害怕，這是一座漂浮的冰山，我會快速下降，大家找地方坐穩系好安全帶……如果你們能找到安全帶的話。只要我們下落速度足夠快是可以避開它的！」

就在他說話間，納粹飛碟加速了反物質堆的裂變，通過暗物質粒子碰撞，在能量達到顛峰時，里爾關閉了反應堆動力源柱，反應堆瞬間釋放出的巨大能量推動著納粹飛碟，一頭紮向下方的德雷克海峽深淵，船身也逐漸與即將貼在一起的冰山峭壁拉開了距離，很快這座曾險些致命的冰山就被遠遠地甩在了後頭。擺脫了冰山，納粹飛碟開始放慢了降落速度，但艙外周圍的光度卻繼續在變暗，下沉的微生物屍體如同雪花在窗外紛紛攘攘地飄落著。鄭海濤靠在艙窗前，仰頭望著前方時隱時現、一道呈坡度向下連綿延伸的岩體。當他為大自然鬼斧神工的傑作所折服之際，雷德蒙也走了過來：「這應該是南桑威奇海溝，它的下面就是南冰洋最深的地方，我們現在還在它的上面。」他說。

鄭海濤轉身走進了駕駛艙，尤娜和魯比斯也在那裡，受到驚嚇的鄭海濤決定往後的時間就都待在這裡，以便盯住這個瘋狂的駕駛員。華萊士．里爾這小子總喜歡突然製造個大意外，以此來炫耀他的駕駛技術。當飛碟在海底航行，快接近福克蘭群島海域時，它開啟隱身功能躍出了海平面。鄭海濤有些好奇，他很想知道當飛碟隱身後透過艙內往外看是什麼樣子。在好奇心的驅使下，鄭海濤走到環廊的窗戶前，此刻納粹飛碟外部周身每一寸金屬都被用半透亮的介質包

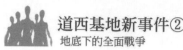

裹了起來，包括他面前的窗戶。這種東西就如同雞蛋內層的卵殼膜，上面時不時地有電流通過。快到阿根廷的上空時，里爾前方的雷達監測屏上又出現了狀況，一個閃耀著光暈的紅點不知什麼時候出現在飛船座標後面一路緊追不捨，很快大家都注意到了這一幕。

「這是什麼？是阿根廷的戰機嗎？」尤娜指著螢幕問。

里爾搖了搖頭：「怎麼可能！我在飛行中已經將飛碟隱身了，一般的戰機是看不到我們的，就算是人類的雷達也發現不了我們。」

「我去看看那是什麼東西。」鄭海濤說著跑到飛碟走廊有窗戶的地方往外看去，卻只看到一個閃亮的藍點跟在他們身後時隱時現。突然一道紅色鐳射從那藍點處遠程投射過來，正打在鄭海濤眼前，納粹飛碟周身覆蓋的半透明殼膜瞬間便跟著全部退逝了。

「這絕不是米格戰機！」他跑回來對所有人叫道：「那東西弄掉了我們的防護膜，它在追蹤我們。」

里爾沒有吭聲，他又將飛行速度提升到每小時三千八百公里，這已是這架飛碟的極限速度了，然而雷達監測屏上對方的速度也馬上加了上來，依舊不緊不慢地與納粹飛碟保持著一小段距離。直到這時里爾終於可以確認了：「我現在可以很負責任地告訴你們那不是人類戰機，我們被另一架UFO跟蹤了！」正說著雷達屏上被牽引的第二架納粹飛碟座標突然瞬間消失了，雷德蒙見狀大叫一聲「不好」跑到窗戶邊，只見被牽引的那架納粹飛碟殘骸正紛紛從空中墜落下去。見此情形雷德蒙返回駕駛艙朝里爾叫道：「里爾！快點做些什麼，它剛剛擊毀了我們一架飛碟。」

里爾此刻也急地汗流浹背：「我們從速度上甩不掉它，現在唯一剩下的一個辦法是如果我們的體型遠遠大於對方，我可以借助這個優勢把它撞下來，但前提是我們的體型必須是它的三倍以上，現在我要朝它飛過去，你們到視窗看，仔細一些告訴我它的體型。」說完，他便駕著飛碟殺了一個回馬槍，與追過來的UFO擦身而過。

「太快了，有些看不清！不過那東西感覺不大，肯定沒我們的體型大！」魯比斯率先大叫起來。

「好像是這樣……」雷德蒙也跟著說。

「好！那就讓我把它撞下來，大家都做好準備！」里爾咬牙切齒地說著，便再次將飛碟拉升。一旁的鄭海濤卻有些擔憂，他湊到里爾身邊抓緊時間問道。

「如果是這樣的話，我們的飛碟會不會也受損？」

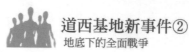

此刻里爾顯然沒有他考慮的那樣多，他一面在3D鐳射畫面上捕捉對方的座標，一面頭也不抬地回答：「有這個可能，不過總比眼睜睜地被敵人擊落強，別忘了我們的船上沒有任何武器，我現在要啟動重力調節系統裝置讓艙內零重力，以減輕衝撞時對我們的傷害。」說到這兒他突然大叫了一聲：「狗娘養的，我們來啦！」

於此同時所有人的雙腳都晃悠悠地離開了地板，一大波零碎物件懸浮在空中，從環廊裡一股腦湧了進來。猝不及防之下鄭海濤死死抓住里爾的座椅靠背，接著整個身體都橫在了空中，再看其他人也都像游泳一樣在半空中撲騰著。就在這時一副金屬掛件突然貼著鄭海濤臉頰擦了過去，疼地他放開一隻手去捂臉，一不小心沒抓牢整個人又被吸回到了空中。跟著他只覺地面一陣狂顫，艙內暫態成90度傾斜，儘管艙內重力都被排掉，但劇烈的衝撞還是讓所有人都在空中拋來拋去。鄭海濤被彈起時，腦袋重重地撞在了艙沿上昏了過去。等再次甦醒時他發現自己正躺在納粹宿舍的床上，周圍一個人也沒有。他努力掙扎著想爬起來，卻依舊感到頭昏得厲害，稍微一動眼前就是一陣黑朦。這時門被打開了，魯比斯走了進來，他的頭上也纏著紗布，一進來就朝鄭海濤報喜道：「好消息，我們把那架飛碟幹掉了！」

「好，好……」鄭海濤捂著頭，費了半天勁才吐出兩個字。他感到這回自己被撞得不輕，腦震盪肯定是有了，魯比斯卻絲毫沒察覺到他的不適接著往下說：「大家都在駕駛艙，雷德蒙讓我看看你醒了沒有，我們馬上就快到51區了！你也趕緊起來準備一下吧。」說完他就走了出去，剩下鄭海濤一個人坐在床上捂著頭發呆。

「51區……又是和外星人有關的地方。」一想到這些他的頭又有些大了，為了擺脫這種狀態他乾脆躺回床上用枕頭蒙著頭，一會兒就昏昏睡了過去。在夢裡他見到了女友胡潔，她被關在蜥蜴人的倉庫牢籠裡，一襲白衣披頭散髮，長長的頭髮垂下來遮住門面猶如一個女鬼，透過髮簾她用幽怨的眼神望著鄭海濤，從籠縫中探出手淒厲地叫道。

「你知道我就在道西基地，可為什麼一直不來找我？」

「小潔！不是這樣的……」見女友誤會了自己，鄭海濤急地正想解釋，一著急卻直接醒了過來，這時的他已睡意全無，頭也不像之前那麼疼了。

「哎！怎麼連夢裡都不太平。」鄭海濤自言自語地嘟囔著，爬起來前往駕駛艙去找其他人，當他進去後卻發現那兒一個人也沒有，但整個飛碟運轉系統還都處於啟動狀態，一支雷德蒙吸了一半的雪茄擱在座椅扶手上，被點燃的那一頭還在微微冒煙，看樣子也是沒多久之前的事，鄭海濤伸手把那半支雪茄拿在手裡環視四周，他不曉得發生了什麼事情。

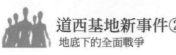

第十三章 重返道西基地

道西基地位於美國新墨西哥州地區附近的科羅拉多州與新墨西哥州邊界，阿布奎基商人保羅．班紐維茲首次宣稱在這個設施有外星人活動。

就在鄭海濤面對著空無一人的駕駛艙不知所措時，過道裡響起了一串腳步聲，他跑出去想看個究竟卻在門口與正要進來的里爾撞了個滿懷。

「喔……喔……慢點！」里爾抬手推了推鼻樑上被鄭海濤腦袋撞偏的眼鏡，叫了起來。

「你們剛才究竟到哪兒去了！怎麼一個人都找不到了。」鄭海濤疑惑地問道。

「我們到了。」里爾抬抬肩膀說，「飛到51區上空時我們又差點沒被軍隊的戰鬥機擊落，幸虧雷德蒙和駐地司令官私交不錯，他讓我迫降到100米時直接一個電話打給對方，我們才被允許降落，那時你一直都在昏迷，所以又錯過了這有驚無險的一幕……」

看著里爾眉飛色舞地在闡述著之前發生的事情，鄭海濤卻沒有心情再聽下去了，他來到飛碟過道一把拉開艙門，外面耀眼的陽光刺得他有些睜不開眼睛。等他勉強適應了一些走下飛碟後，眼前的情景又讓他有些無所適從，放眼望去四周都是一望無際的戈壁，飛碟停泊的不遠處都圍著鐵絲網，還有身穿迷彩服的美軍持槍站崗。他的前方是一排白色的營房，一隊赤裸著上半身的士兵排成兩列正在跑步鍛鍊，就在鄭海濤還沒從中緩過神來時，一支槍口卻抵住了他的後背，嚇得他一個激靈。

「別動！舉起手慢慢轉過來，你怎麼會在這裡？」

這時里爾恰好也從飛碟裡走出來，看到這一幕慌忙叫道：「沒關係，士兵！他是雷德蒙的人，我們是一起的。」

「可這是一個亞洲人！上頭有命令不能讓亞洲人接觸這裡。」聽了里爾的解釋，那士兵儘管口中還一個勁嘟囔著，但還是收起了槍。里爾連忙走過去把手搭在鄭海濤肩膀上說：「看到沒有，你還是別亂跑了跟我走吧，雷德蒙他們已經和司令先去食堂了，我們也過去吧。」

鄭海濤隨著里爾搭上停靠在飛碟旁的吉普車，在茫茫沙石地上掀起一陣黃土，向著基地食堂飛馳而去。而此刻在食堂裡的雷德蒙等三人正與51區司令官茨瓦博涅夫圍桌而坐，他們每個人面前都擺著一份澆了咖喱汁的蓋飯。茨瓦博涅夫有俄國血統，五大三粗的身材挺拔起來將近2米。身為51區的最高長官，當下他最在意的是雷德蒙他們開來的納粹飛碟。

「雷德蒙，你打算怎麼辦？你們把那東西從南極弄出來上頭還有誰知道？」茨瓦博涅夫甕聲甕氣地問道。

雷德蒙顯然沒太把博涅夫的顧慮當一回事，他扒了兩口飯，放下勺子說：「CIA中情局局長布倫南知道我的計畫，他會告知總統先生，事實上總統近來也感受到了來自道西基地的威脅，但是要通過議會表決，明目張膽地對道西基地進行打擊顯然是不可能的，因為現在我們國家上層的政客有一半都成為了拉蒂斯塔人的傀儡。」

聽了雷德蒙這番話，博涅夫似乎也贊同他的觀點。「是呀，從這些年我們在出事地點撿回來的灰人飛碟來看，它們正在瘋狂地進行人體試驗，每一架飛碟裡我們都能找到大量人類的斷臂殘肢，很多人體實驗直接是在飛碟裡進行的，可是卻從不見我們的政府向拉蒂斯塔人交涉。我們還帶回來三個活著的拉蒂斯塔人，我把它們關在地下看押室裡，你們要不要去看看？事實上，這些傢伙近來突然變得很反常，它們像是接收到某種訊號一樣，不斷地發出一種讓我們難以忍受的噪音……」

「對！你知道那是為什麼嗎？」不等博涅夫說完，雷德蒙就接過了話。

「與其他外星人不同，拉蒂斯塔人是靠聲波進行交流。如果相距的遠，它們憑藉遠端心靈感應一樣可以聯繫到同伴，你說的那種情況可能表示它們最近要有動作了，所以為阻止這一切我需要你的幫忙！」

「好吧，你需要我做什麼？」博涅夫問，此刻他們聊得是那樣的投入，以至於里爾和鄭海濤走進食堂裡都沒有人注意到。

「我知道你們回收了不少灰人的飛碟，我需要那上面可以配到我們飛碟上的鐳射武器。技術上的事你不用擔心，我這回帶來了飛碟專家，我把他留在這兒，請你們提供必要的幫助協助他把飛船改造好，這是X計畫能否成功的重要環節。」說完雷德蒙一抬頭正好看到了站在門口的里爾和鄭海濤，他朝倆人招了招手示意他們過來。

「行吧。」聽了雷德蒙的請求，博涅夫思索了片刻後終於同意了。「那些飛碟有的似乎還能運轉，但性能好像不是太穩，為了我們的未來必須得冒一下險了。不過……此事必須要嚴格保密，我只能暗中協助，雷德蒙你的人可以留下，但他在基地這段日子不能再公開露面，還有他和這架納粹飛碟不可以在這裡待太久。」

見博涅夫願意提供幫助，雷德蒙連忙起身把里爾拉到他們跟前。「好的，大熊（博涅夫的綽號），人我就交給你了，他父親是79年道西戰爭的英雄約翰．里爾，當時正是老里爾駕駛著UFO趕赴道西基地，才救出了上千名被外星人綁架的人質。」

「噢，幸會，希望這次你會像你父親一樣勇敢。」博涅夫說著用他那雙有力的大手一把鉗住了里爾的手腕，疼得對方呦呦地叫了起來。

看到眼前這一幕，雷德蒙滿意地點了點頭，用手一指鄭海濤、尤娜等人說：「那麼午飯後我就得帶著他們回去了，我答應了屠龍會米切爾長老五天後給他回復，等我在那邊協調好參戰部隊就把納粹飛碟開走。」

「好的，那你們臨走前不想跟我下去看看外星人長什麼樣子嗎？」博涅夫朝他們眨著眼睛問道，出乎他意料的是對方竟一口拒絕了。

「有什麼好看的，之前在道西基地裡早就看膩了。」鄭海濤說。

對此雷德蒙也沒多大興趣：「不用了，很快我們就會在即將爆發的戰爭裡見到各式各樣的外星人了。」

他們在食堂吃過午飯，博涅夫派車將雷德蒙一行四人送往機場，讓他們搭乘最早的一班飛機返回新墨西哥州，里爾則按雷德蒙指示留在基地，為納粹飛碟進行最後的武裝重組。

當雷德蒙、鄭海濤他們抵達了屠龍會教堂時，時間正好剛剛過去五天。為了做最後的決斷，米切爾召集了屠龍會八大長老祭祀，他們統一披著帶斗篷的長袍，胸前掛著六角星墜子，分別站在位居聖壇中心的大長老米切爾兩側。聖壇下方兩排鳥嘴面具武士持刃列隊而站，正好注視著大門口。鄭海濤隨雷德蒙進來後，看到此次場面比上回還要宏大，竟有些膽怯了，雷德蒙看在眼裡，壓低聲音悄悄對他說道。

「別怕，越心虛的人才越會虛張聲勢。」

這個時候坐在聖壇上的米切爾發話了：「雷德蒙，我的朋友。我都聽說了，你們把它帶回來了對嗎？」

「是的，大長老閣下！就這次突襲而言我們的飛船占絕對優勢。」雷德蒙不卑不亢地回答。但沒想到米切爾身邊一位長老祭祀馬上扯著尖銳的嗓音打斷了他的話：「這次？單單是這次！大家想過沒有，如果因為這番對道西基地的突襲惹惱了灰人，導致它們派遣大規模的遠征艦隊來地球討伐該怎麼辦？」

此言一出彷彿是說到了不少人心裡，他們馬上就此交頭接耳地小聲議論起來。在這種情況下雷德蒙仍舊胸有成竹，他環視了一番四周，乾咳了兩聲後說道。

「紳士們，我不得不提醒你們，在與敵人作戰前首先要全面瞭解你的對手，從灰人入駐道西基地後，我們的情報部門就開始通過各種途徑搜尋它們的相關資料，通過這幾十年的情報累積，我可以很負責任地告訴大家，灰人又名拉蒂斯塔人，它們的國家在1萬多年前解體後，它們就一直分族群活動，創造它們文明的星球也在那個時候資源枯竭。它們被迫放棄故鄉，並以族群為單位，憑藉先進的飛船活躍於星際間，穿梭各大星系。灰人每個族群的人數都不是太多，按我們目前掌握的情報來看，現在道西基地裡只有83個灰人，這個數目應該就是它們族群的全部了，只要把這83個灰人全部消滅在道西基地裡，我保證此事不會有任何的後續麻煩。先生們，不要因為你們的猶豫，讓169個西班牙人征服印加帝國的歷史再次重演！」

聽了雷德蒙的這番話，米切爾滿意地點了點頭，但似乎還頗有顧慮：「很好，但願如此吧。可是我聽說外星人在地下不止道西一個基地，它們很多基地都是相通的，灰人還在道西基地第六層修建了高速磁懸浮軌列車，一次可以輸送成千上萬的人。如果在戰爭中它們突然從其他基

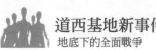

地找來大批增援怎麼辦？」

「不怕！」雷德蒙底氣十足地說：「在我們的X計畫中，會有一隊士兵進入道西基地，攜帶炸藥趕到那裡炸毀整個隧道。隧道只要一坍塌，敵人的援兵短期內是過不來的。」

「那這件事你打算怎麼收尾？進攻計畫要不要提前批報給總統知道？」這時，又一個長老祭祀站了出來向雷德蒙發問道。

「我們的目的很簡單，攻進道西基地，解救那裡被外星人綁架的人質，炸毀第七層灰人準備用來擴散病毒的實驗室，儘量殺光裡面所有的異型，就這麼簡單！不需要收尾，至於你的第二個問題，我認為那是個愚蠢的問題。我先前已經說了，我們的國家政府上層早已被灰人控制，就算歐巴馬總統也無力挽回。這是個突襲行動，知道的人越少我們取勝的機會才越大！」

就在雷德蒙口若懸河地舌戰群儒同時，米切爾也在不動聲色地觀察著他。在雷德蒙的帶動下，他對這個X計畫也產生了濃厚的興趣，以至於到最後竟按捺不住直奔主題。

「好吧，那麼和我說說你們制定的X計畫吧。」

然而這次面對米切爾的要求，雷德蒙卻一反常態：「大長老閣下，你必須先決定是否參加行動，我才能詳細地說給你聽，而且只能是小範圍的，聽眾人數不能太多。而在這之前，我請求你先釋放被你們扣押的那兩個無辜的中國人！」

米切爾一愣，他怎麼也沒有想到雷德蒙會在這一步等著他，但在猶豫了片刻後，他還是一揮手下令：「好吧，我加入！釋放那兩個中國人！」

很快鄭海瑞和鼻青臉腫的林春生就被屠龍會的鳥嘴武士從暗道裡架了出來。見是哥哥和雷德蒙，鄭海瑞馬上肆無忌憚地大喊起來：「哥！——你可來了，我這被關了有多久呀？」一旁的魯比斯見狀馬上朝他喝斥道：「肅靜！這裡是聖殿堂。」

雷德蒙也朝鄭海瑞二人擺擺手，示意他們安靜地走過來。隨後應雷德蒙要求，米切爾準備了一個小房間，在場的除了他和雷德蒙還有鄭海濤、尤娜、魯比斯、悟空。在鄭海濤的堅持下，鄭海瑞和林春生也被破例允許旁聽。

雷德蒙不知從哪兒找到一塊白板，自己攥著根白板筆站在旁邊，邊在上面畫著邊講解起來。

「在79年以前道西基地是有入口直達外界的，但在道西戰爭中我們的特種部隊最後炸毀了那裡，我們的指揮官以為這樣就可以徹底阻斷道西基地與外部的聯繫，可是他們忘了外星人都是乘坐飛碟往返基地與外界的，它們大型的飛碟集散場就在安丘利塔山裡面。經過這麼多年，拉蒂斯塔已把這座山鏤空了，山的內部被它們改造成了飛碟的降落區，所以在戰爭的第一階段，我們要首先攻擊那裡，並從空中給予打擊，爭取把停靠在那裡的飛碟一次全部炸毀。然後我們出動地面部隊，由30架貝爾ＸＶ—15飛行器運送士兵佔領那裡。Ｘ計畫把參戰部隊分為Ａ隊和Ｂ隊，Ａ隊作為主力，隨納粹飛碟一起在安丘利塔山內部的飛碟降落區登陸，集結後立刻炸開降落區通往基地的入口，然後分批搭乘ＸＶ—15飛行器直接下到第七層炸毀灰人的實驗室。大家放心，這種新型的四具管槽旋翼推進飛行器，時速可以達到525km/h，完全可以勝任對道西基地的突襲。結合這次我方參戰人員，我準備讓Ｚ組的一千二百二十名特種部隊成員和參加過79年道西戰爭的200名老兵，執行Ａ隊的作戰計畫。」

「那我們做什麼？」聽到雷德蒙的安排裡似乎沒屠龍會什麼事，尤娜忍不住插嘴問道。

雷德蒙則不慌不忙地擺擺手，示意她先不要著急，然後接著說道：「這是個好問題，你們屠龍會將被歸到Ｂ隊，從另一條路線攻進道西基地，就是道西基地廢棄的入口，到時候我會告知你們具體位置，同時讓與我們有合作的貝洛雷克公司出動人力封鎖那裡，對外宣稱是公司開山作業。為配合Ａ隊能順利突襲灰人實驗室，你們進去後要盡可能地吸引外星人的注意力。當然在Ｘ計畫行動開始前，我們會將一種外星人懼怕的花粉與天花病毒混合劑，通過道西基地延

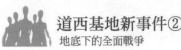

伸到外界的空氣過濾系統擴散到基地裡。這種試劑可以在短期內殺死基地裡半數的外星人，對人類而言只要你不是花粉過敏者，或已經接種了牛痘就無需擔心。但它的效力只能擴展到第四層，你們的任務是前往第二層解救那裡的人質，下到第六層炸毀外星人的高速磁懸浮軌列車隧道。當然這兩項可以同時進行，然後你們前往第七層與那裡的特種部隊匯合，一起搭乘飛行器撤出去，這就是X計畫的全部，那麼大夥還有問題嗎？」

說到這兒雷德蒙停了下來，一雙炯目環視四周，似乎是在等待後續提問。而大概是因為這會兒大夥還在回味他的X計畫，一時竟無人說話，過了片刻米切爾才發聲。

「那你估計這一戰我們會死多少人？」

「我不知道我們會死多少人。」雷德蒙如實說道：「但我知道的是，如果我們不打這一戰，用不了多久所有的人都會死！」

「好吧！」米切爾像是下了很大決心似地咬牙切齒說：「雷德蒙，那我的屠龍會一千三百名會眾就交給你了，你要答應我把他們大多數人都活著帶回來。尤娜，魯比斯！你們負責指揮這一千三百名同胞，聽候雷德蒙的調遣。」

「是！大長老。」尤娜和魯比斯面對米切爾同時起立說道。

「鄭，你怎麼看？」見在介紹整個X計畫時鄭海濤都沒說過話，出於尊重雷德蒙也給了他一個發言的機會。

鄭海濤也沒客氣，直接就把他想的全說出來了：「雷德蒙你的X計畫聽上去很完美。但不是我給它潑冷水，有一句古諺語是這樣說的，計畫在好也趕不上變化。我們的計畫是當初要開回兩架納粹飛碟，但中途被擊落一架。據你介紹，A隊有一千四百二十人將要搭乘納粹飛碟攻佔降落區。我在那架飛碟裡待過，根據我的估算，飛碟一層大廳就滿算最多能容納400人，食堂裡也可以塞進去400餘人，大廳裡共有24間宿舍，每個宿舍只有八個床位，這樣一算我們還有400多人不能登上納粹飛碟。難道你是想分批把他們運過去嗎？」

「不，不！這怎麼可能。」雷德蒙馬上予以否認。「不過你的這個問題我也考慮過了，不如現在打個電話給里爾吧，問問他飛碟改裝進度怎麼樣了，順便再聽聽他怎麼說。」

說完雷德蒙當眾撥通了里爾的電話，為讓所有人都能聽到他刻意打開了擴音。

「里爾？你那頭還順利嗎？」

「噢，不算太好，他們那裡的食堂沒有我喜歡的牛肉派餡餅。」

「我不是問這個！納粹飛碟改裝得怎麼樣了？」

「雷德蒙，我絕對會帶給你一個奇跡！」當被問到這個問題，里爾馬上在電話那頭興奮地嚷嚷了起來：「軍方倉庫裡保留的那幾架飛碟武器設備都沒損壞，有離子炮和鐳射連發攻擊系統，還都能對接到我們飛碟上，畢竟都是一個系統的。到時候我們的巨無霸輕而易舉地就能搞定道西基地裡的那些小飛碟，我已經指導士兵們把它們卸下來了。給我四天時間，我一定把它搞定！」

「好的。」聽了里爾的彙報，雷德蒙滿意地點了點頭。「另外還有一件事情，你覺得這架飛碟能否一次運載一千四百二十名士兵過去？」

「額……有點困難。」里爾說，「不過如果把那24個宿舍裡的床鋪統統拆掉的話，我估計一個房間就能擠下20到25人，再加上大廳和食堂的空間，就可以勉勉強強一次把他們全都拉過去，不過你得提前告訴他們這趟旅程全部是站票。」

「好的，里爾，就按你說的這麼辦！把納粹飛碟裡不必要的東西都卸下來，儘量多騰出些空間運載我們的人，我會在四天後集結好所有參戰部隊，到時候聯繫你過來接他們，這次就全靠你了，不要讓我們失望。」

「沒問題！」里爾說完掛了電話。

樣。

「那我呢？到時候我跟哪隊走？」這時悟空也參與了進來，生怕再不吭聲就會被遺忘一樣。

「你不是熟悉道西基地的地形嗎？你做A隊的嚮導，你的任務是用最快的時間，把我們的人帶到第七層灰人實驗室。」說到這兒雷德蒙一下又想起了鄭氏兄弟，便轉頭對他二人說：「鄭，你們兩個是唯一從道西基地活著出來的人，到過第二層知道人質關在哪裡，你們就加入尤娜他們的B隊，負責解救第二層人質的任務就交給你們了！」

「好的！」鄭海瑞信心滿滿地一口應道，出乎雷德蒙意料的是鄭海濤卻低著頭沒吭聲，鄭海瑞也注意到了這點，小聲問道：「哥，你怎麼了？」

「我這次就不想去了。」鄭海濤像是下了很大決心一樣，終於抬起頭把心裡話說了出來，跟著他又解釋道：「不是因為我怕死，實在是道西基地給我的挫敗感太大了，你們沒有經歷過是不會有那種體會的，知道自己心愛的人被關在那裡，可就算闖進去最後也無能為力，而且還要看著周圍朋友在道西基地裡一個個倒下去，這樣的感覺我實在不想再體驗第二遍了，請你們諒解。不過雷德蒙，我可以給你這個，這是當年深入道西基地的傑夫父親，親繪第七層灰人實驗室的詳細地圖，也許你們用得到。」

說著鄭海濤從身上掏出傑夫送的那捆夾有地圖的卷軸，把它遞給雷德蒙後站起來給大家鞠了個躬，轉身正要離開時卻被雷德蒙一把攔住了。

「鄭，你為什麼要選擇逃避呢？有時候勇敢地面對才能幫你脫離困境，道西基地既然已經成為你做了一半的噩夢，那為什麼不努力設法去改變這個噩夢的結局呢？」

「這……可能嗎？」聽到雷德蒙的激勵，鄭海濤有些心動了。

「怎麼不可能！我會幫你。」雷德蒙說著將手搭在了鄭海濤的肩膀上。

「我也會和你站在一起！」尤娜邊說邊走過來，將自己手也疊了上去。「還有我。」鄭海瑞說著也加入了進來。

大概是被眼前的氛圍感染到了，林春生像是打了雞血一樣突然一拍桌子，用結結巴巴的英語叫道：「媽的！不就是大不了一死嗎？老子算是豁出去了。兄弟你放心吧，這趟道西基地咱哥倆一起闖！」

「那你不留在外頭把風了？」鄭海濤故意逗他說，大夥一聽全都笑了。

「算了，還是跟著你們一起走安全點，別又像上回沙灘那樣。」林春生說著同時，還心有餘悸地伸手摸了一下還沒有完全消腫的臉，又像想起什麼似的朝雷德蒙連筆帶劃地問道：

「May I follow you ？」

「你為什麼要跟著我？」雷德蒙對此感到十分不解。

鄭海瑞則哈哈大笑地揭露了答案：「因為他一定是覺得A隊都是作戰經驗豐富的特種部隊，又有飛碟的火力掩護，相比之下B隊是一群烏合之眾，他一比較可能還是覺得跟著A隊倖存下來的概率大一些吧。」

「才不是！」林春生漲紅了臉大叫起來。

就在這時門口傳來了一個令鄭海濤熟悉的聲音：「不要再猶豫了！鄭，這麼多人都在支持你，是男子漢就快說 Yes！」與此同時門被推開，一個身穿夾克戴著牛仔帽的墨鏡男走了進來。

「傑夫！」鄭海濤見狀激動地大叫一聲：「你沒事吧？上回在旅館還以為你……」

「那些傢伙怎麼傷的了我？」傑夫爽朗地大笑起來，一邊與迎上來的雷德蒙握手，一邊說道：「鄭，這次行動我也會參加，我早就加入了雷德蒙的抵抗組織了。」

「好吧！那我也加入！」在眾人的帶動下，鄭海濤終於下定了決心。一個針對將外星人逐出道西基地的聯盟也正式由此形成。

第十四章

第七層　噩夢廳

我在第七層看到無法言語的慘狀，一個各種生理及心理創傷的人類動物園。眼見年輕女性被淩辱，我只能想到我數月大的女兒。我迅速恢復神智，下令前進，盡可能釋放更多人。（選自一九七九年指揮進攻道西基地第七層的 Leathers 上尉報告書）

到了預定行動的那天淩晨，東方天際處剛顯出魚肚白，一百多架四具管槽旋翼XV—15推進飛行器便分三個組群，在空中盤旋著向安丘利塔山位置飛去。而在山腳下，雷德蒙已經提前一天讓貝洛雷克公司以施工的名義，設路障封鎖了方圓15公里的地方。他們嚴格地執行了這一命令，一切都按照雷德蒙的X計畫有條不紊地進行著。早上五點鐘左右，鄭氏兄弟隨著尤娜和魯比斯驅車趕到了現場，傑夫帶著一車TNT烈性炸藥早已等在那裡，在他身後還有一千三百名全副武裝的聖喬治屠龍會戰士伏在樹叢裡等待著最後的突擊，他們每個人都裝備著HK416自動步槍，並配有手槍、手雷、夜視儀。這是雷德蒙竭盡財力和貝洛雷克公司贊助，外加上屠龍會的老底才最後搞到的裝備。

雷德蒙已於前一天晚上帶著林春生和悟空，前往等待納粹飛碟的指定地點與他的部下匯合去了。走之前他給B隊主要領導人留下了道西基地廢棄入口、和其空氣管道過濾系統的圖紙。

「雖然離發動總攻的時間還早，但我們可以先做提前準備了。」傑夫望著安丘利塔山頂說。

「你是說……把花粉與病毒合劑散播進基地裡？」鄭海濤試探性地問道。

傑夫點點頭：「是的，負責投放的工具已經準備好了，為了以防萬一我再重複一遍，你們有對花粉過敏的要提前帶上防護面罩！」

說完他用手做了個起飛的手勢，一架無人機緩緩地升到了空中，在地面控制台的操縱下向目的地飛去。鄭海濤兄弟和尤娜等人圍到技術員身邊，密切注視著控制台小螢幕上無人機沿途傳回來的圖像。在整個過程中，傑夫手捧雷德蒙留給他的圖紙，不時看著螢幕上無人機的方位，跟著報出一連串數字：「北緯35度，南緯49度，座標向西。很好……現在調整到北緯40度，繼續飛行……」可就在無人機馬上要接近道西基地設在安丘利塔山間的空氣排風管道口上空時，螢幕上傳回的安丘利塔山坡畫面中卻出現了三個全身套著白色防護殼的巨大人形生物。當鄭海濤看到它們每個的身後都拖著一條又尖又細的長尾時，他立刻叫了起來：「它們是蜥蜴人！」

幾乎是與此同時，畫面裡一個蜥蜴人舉起了套在手臂上帶瞄準環的鐳射武器，對著鏡頭白光一閃，控制台螢幕就黑屏了。

「可惡！想不到在這兒等著呢。」傑夫氣地一跺腳，轉身對守在控制台旁的技術員說道：「再換一架無人機準備升空。魯比斯！你帶幾個人跟我上山。」

二十分鐘後，鄭海濤他們在新無人機傳回的畫面中看到了傑夫、魯比斯等五個人。他們正在山間小徑中行走，已經快要接近無人機被擊落的位置了，此刻越往前走傑夫越是緊張，恰巧他們的到來驚擾了正在草叢間覓食的一群烏鴉，當它們哇哇叫著展翅沖向天空的那一瞬間，一名屠龍會戰士由於過度緊張，端起槍朝著鳥群飛出的地方掃射起來，槍聲霎時劃破了山谷的寧靜，傑夫氣地一把將肇事者拽到地上低聲罵道：「混蛋！它們可能就在周圍，你想害死我們嗎？」

說完他伸手從腰間解下呼叫聯絡器，打開後朝話筒另一頭的鄭海濤呼叫道：「鄭，讓無人機在我們頭頂周圍方圓一公里飛一圈，幫我看看敵人可能藏在哪裡，over！」

「好的，你們先原地等待，over！」

就在等待無人機回饋偵查結果期間，一名隊員抬頭眺望前方，發現不遠處草叢裡似乎有什麼東西一閃一閃，他馬上跑了過去，彎腰從那裡撿出一塊無人機機身碎片，並高高舉起朝傑夫他們叫道：「夥計們，看我撿到什麼？」話音未落，不知從哪裡飛出了一道白光打中了他，那隊員上半身霎時就分解了，腰以下的部位倒在地上，騰起一股藍色火焰不停地燃燒。

見此情形傑夫忙大叫一聲：「有埋伏！大家趴下！」他快速臥倒在地上，開始搜尋四周可疑目標。與此同時，一道道白光從不同的方位飛射過來，打在地上方圓十幾米的草叢全部燒焦了。面對突如其來的襲擊，大概是被打怕了，一名隊員跳起來就跑，沒跑出兩步一道白光追過來，他也變成了半具燒焦的屍體。猛烈的打擊整整持續了一分多鐘，在這個過程中魯比斯一直躲在距傑夫不遠的一棵樹後面，趁著對方火力進入間歇階段，他突然朝傑夫大喊一聲。

「我好像看到它們了，掩護我！」說著他從後背抽出一把大砍刀，貓著腰朝左側跑了過去，很快繞到了一座小土坡後面。沒一會兒功夫，一個全身披著防護殼的蜥蜴人便從那裡跳了出來，傑夫趕緊端起衝鋒槍一陣掃射將它擊倒。魯比斯也走了出來，他一手拖刀一手提著一個蜥

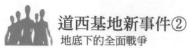

蜴人的腦袋，朝著傑夫晃了晃似乎是在炫耀。

「笨蛋，趕緊找地方藏好！」傑夫朝他喊道：「根據之前畫面顯示，這裡應該有三個敵人。」正說著，一道白光從正前方飛射過來，一下擊中了趴在他不遠處的另一名隊員，那人都沒來得及吭一聲，瞬間就被一團藍色火焰吞噬了。

「我知道它在哪兒了！」傑夫大叫著爬起來，舉槍朝著前方小樹林一陣狂射，沒一會兒功夫，最後一個蜥蜴人也從樹上摔了下來。魯比斯趕緊跑到屍體旁，試圖將套在蜥蜴人手臂上的鐳射武器擼下來，可傑夫卻叫住了他：「算了，我們趕緊回去吧，那玩意兒就算得到了也沒人會用。」

肅清了潛伏在山間的蜥蜴人，第二架攜帶噴灑裝備的無人機，很快就飛到設在山岩壁角落裡的基地空氣過濾裝置上空，那裡有一扇巨大的三葉狀風扇藏在灌木叢中持續運轉著。

為了防止投放達不到預期的效果，傑夫下令道：「直接撞進去！」。

事已至此，鄭海濤仍舊有些擔憂：「這些劑量能把裡面那些傢伙搞定嗎？」

「放心！」傑夫摘下墨鏡，用衣角邊蹭邊說：「雷德蒙說了，無人機上攜帶的花粉病毒足以殺死道西基地一到四層的所有外星生物，再加上飛機還攜帶著少量火藥，通過爆炸可以加速花粉的擴散。」

很快，隨著前方山間傳回的一聲巨響，現場所有人都歡呼起來，直到十幾秒後傑夫才揮揮手讓大家停下來，他自己則爬到一塊岩石上，向在場所有人精神喊話道。

「兄弟們，今天你們所面臨的將會是歷史上任何一場戰役都無法比擬的聖戰，你在戰鬥中的英勇和無畏會被永久載入史冊，因為你們是在為全人類的生存和自由而戰。看在上帝的份上，攻進道西基地，救出被那些畜生囚禁在那裡的姐妹和父老，殺死你們見到的一切外星雜種，沒有憐慈！」

跟著魯比斯也攀上岩石來到傑夫身邊，高高舉起砍下的蜥蜴人頭顱，拎著向四周展示了一圈叫道：「三百年前，從我們的先人獵獲到第一隻龍族首級開始，我們就一直世世代代為守護這份榮耀而戰。今天，我們將會再次創造輝煌。兄弟們，希望這一戰後你們每個人都能斬獲到一隻龍族首級，將這份榮耀相傳下去！」

聽到這裡鄭海濤突然有種不寒而慄的感覺，在屠龍會成員雷鳴般的歡呼聲中，他忍不住朝站在他旁邊的尤娜低聲耳語道：「怎麼這麼野蠻？你們的作戰動員聽著有點像伊斯蘭聖戰的感覺。」

儘管說者無心，但尤娜還是狠狠地瞪了鄭海濤一眼。「閉上你的嘴巴！」她怒氣衝衝地說：「再敢褻瀆我們的榮耀，小心我把你舌頭割下來。」

這時，兩名隊員抬著一箱用於開山的TNT炸藥，撥開人群走了出來，傑夫見狀馬上阻止了他們：「先等等，你們可以先把炸藥在爆破地點安置好，整個計畫是A隊開始進攻降落區時我們再炸山，而且還要留出足夠的時間讓花粉在裡頭充分擴散。」

在等待另一頭戰役打響的這段時間是總攻前最後的平靜，參加總攻的隊員們握著武器或蹲或站於草地上，遙望著前方威嚴聳立的安丘利塔山。那裡，即將是他們很多人走向人生終點的地方。

就在傑夫率領著B隊集結在安丘利塔山腳下之際，在山的另一側，一架宏偉的納粹飛碟止緩緩地從空中向安丘利塔山頂逼近，在它的身後跟著一大波XV—15飛行器，一千四百二十名全副武裝的特種部隊士兵已全部登艙，為了節省空間裝載更多的人，飛碟中除了操控裝備，所有設施都被拆卸下來。儘管這樣當雷德蒙從二層扶欄處望下去時，下面還是擠滿了密密麻麻的腦袋。

這時駕駛艙裡傳來了里爾的呼叫聲：「雷德蒙，有件事我還是想和你最後商量一下。」

雷德蒙走入駕駛艙，看到里爾坐在駕駛座上一副心事重重的樣子。

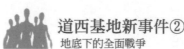

「雷德蒙，雖然這次我幫這架飛碟配備了最先進的外星武器——五門粒子光束炮，十二架鐳射速射炮。但和飛碟飛行一樣，武器發射也是需要消耗能量的。根據我的估算，如果你想集中最大火力攻擊又不想讓這架飛碟還沒返航就能量耗盡的話，我們只有五分鐘的時間去解決降落區的敵方飛碟，五分鐘之後飛船的能量將急劇下降，只夠用於我把它開回51區。」

「嗯，我知道了！」雷德蒙若有所思地點了點頭。「我們的勝算率有多大？」

里爾張嘴正要回答，前方的雷達探測屏卻在這時突然發出警報，只見在道西基地的方位出現了七八個紅點，集結在一起朝著飛碟座標快速平移過來。

「不好！我們被發現了！」里爾見狀大叫一聲：「告訴大家前方有狀況，我要準備迎戰了！」說著他托拉起水晶球操縱器猛一提速，納粹飛碟呼嘯著一路向前衝去，與此同時前方八架外星六角形飛行器也早已一字排開等在那裡。待納粹飛碟靠近時它們突然散開，從兩翼向目標包抄過來，同時射出的一道道光束火力打在納粹飛碟用記憶金屬打造的外殼上哐哐作響，飛碟裡很多人都看到艙壁上被打地多處凸起，但沒多久就又恢復了原狀。敵方攻擊產生的巨大威力震得大廳裡很多上過戰場的老兵都無不感到膽戰心驚。里爾卻不慌不忙，這一切已經在他面前的鐳射畫面上清清楚楚地展現出來。他從容地在畫面上鎖定住敵方座標，同時將十二架鐳射速射炮全部開啟。隨著開火指令進入程式，納粹飛碟的夾層慢慢張開，無數股鐳射交織著從裡面飛出。在密集火力網的覆蓋下，霎時就有五架作戰飛行器被擊中，它們被火焰吞噬後猶如一團火球從空中墜落下去，其餘的幾架作戰飛行器依舊緊追不捨，可很快它們就改變了戰略。兩架飛行器突然拉起一條直線直接紮向地面，中途又迎頭折回，瞄準上方納粹飛碟底盤上的12臺發動機圓盤猛烈射擊起來。里爾大叫一聲不好，馬上改變了飛行模式，但還是有兩個嵌在飛碟底部的發動機圓盤被打爆了。整個飛碟頃刻間晃動起來，飛行也不是那樣平穩了，艙內很快呈現出一個45度的斜坡，很多士兵都大叫著滑了過去。雷德蒙和林春生等人也被撞翻在地，林春生滾到艙壁的角落裡蜷在那裡不敢再動，雷德蒙在猝不及防下整個人險些從二層扶欄處拋下去，好在被拋出之際他一隻手用力抓住欄杆，就這樣吊在空中來回晃。在這種情形下他聲嘶力竭地大聲喊道。

「里爾，看在上帝的份上做點什麼！我們是不是要墜毀了？」

「墜毀？哪那麼容易，我要反擊啦！」里爾說著猛一推腿下的加速器拉杆，納粹飛碟馬上呈90度翻轉側身加速飛行，一下就避開了來自下面的攻擊。接著它快速回到那幾架戰鬥飛行器後方。不等對方做出反應，裝載的十二架鐳射速射炮同時開火，很快就將剩下的三架也解決掉了。

此刻里爾也不想給對方喘息的時間，剛一脫險他便馬上駕駛著納粹飛碟顫悠悠地飛抵到安丘利塔山口上空，外星飛船降落區就設在那裡。這時他們距山口中的外星人降落區只有150米，透過艙窗往外望去，雷德蒙看到底下很多猶如綠豆大小的外星人正在那裡跑來跑去，平臺上還停泊著幾排各種形狀的ＵＦＯ，從上頭看下去也只有火柴盒大小。見此情形他馬上轉身朝里爾喊道。

「所有的飛碟都在那裡！趕快幹掉它們，不要讓它們起飛！」

「是的，老闆！」里爾誇張地大喊一聲。

「等等……」雷德蒙突然像是想起了什麼：「我們的飛碟還好吧，感覺飛地好像不是那麼平穩了。」

里爾聳了聳肩：「你說的沒錯，在剛才的遭遇戰中我們被打爆了兩個發動機環繞圓盤，在飛碟底部的位置。現在我們只能靠其他十個發動機工作了，希望它能撐到這次任務結束。」說著他通過鐳射畫面下達了啟動粒子光束炮作戰指令，很快納粹飛碟底部就伸展出五支管狀物，里爾頭頂上巨大水晶球周身環繞的電流也跟著加強了。

「它在積蓄粒子能量。」里爾抬頭看著頭頂說。

「這大概需要多久？」雷德蒙問。

「說不好，大概幾分鐘。」正說著里爾不經意掃視了一眼前方雷達探測屏，竟不由自主地大叫起來：「噢，媽的！下頭有一架飛碟升空了，正朝我們飛過來……！」

他的話音還未落，隨著一陣劈裡啪啦的巨響，一道道鐳射穿透納粹飛碟艙壁打了進來，不少人還沒反應過來是怎麼回事瞬間就被擊倒了，其他人則紛紛尖叫著往後湧，結果又與那裡的人撞在一起，一時間飛碟大廳亂作一團。在記憶金屬的作用下，被打透的艙壁很快就恢復了原狀，只留下大廳中央橫七豎八的幾十具燒焦屍體。

為了彈壓騷亂，雷德蒙衝到樓下大廳，朝那些還未從剛才恐懼中緩過神的士兵們喊道。「兄弟們！大家不要慌，我們的命在上帝手裡，在我們降落前你們只需做一件事，那就是祈禱……」

「祈禱個屁呀！已經沒有上帝了，只有外星人！」人群中不知是誰橫插一句，打斷了他的話。

雷德蒙絲毫未做理會繼續叫道。

「如果你是基督徒，祈禱上帝的光芒為你永久驅除黑暗。如果你是穆斯林，祈禱吧！祈禱你們的真主安拉賜給你勇氣與力量，讓你能夠從容面對一切。如果你是佛教徒……」

就在雷德蒙強行給部下們佈道的時候，里爾則靠在駕駛座上全神貫注地盯著鐳射畫面，與身後外星飛碟上演著一場追逐大戰，那是一架灰人專屬的菱形戰鬥飛碟，飛行起來靈活輕巧，周身安置著二十門鐳射速射炮以及兩門威力極大的電磁離子脈衝炮，武器配備遠在納粹飛碟之上。面對這樣的對手，里爾決定攻它個出其不意，他假意做出要撤離戰場的樣子，對方果然被這一舉動迷惑住了，開足馬力迎頭追了過去，在這過程中數道鐳射再次穿射進納粹飛碟，跟著大廳裡又一波人如同割韭菜一樣齊刷刷倒了下去。待在第二層過道的林春生這輩子都沒見過死這麼多人的場面，他開始後悔自己當初為什麼要自作聰明跟隨雷德蒙了，但同時他還抱著一絲幻想，蹲在角落裡一邊拼命搧耳光，一邊自言自語地叫道：「這不是真的！我是在做夢，我現在數一二三，然後我就會醒過來……」

就在他使勁抽自己耳光的時候，一道鐳射打到他面前，將不遠處的二樓護欄炸飛了，林春生嚇得再也顧不上自殘了，跳起來大叫著跑回了駕駛艙，對他而言那裡還安全一點。

此時里爾也開始反擊了，他計算著兩架飛碟相距差不多時，突然一個迴旋衝向對方，同時飛碟沿身的十二架鐳射速射炮一起朝目標開火，面對對方的火力他並不避閃，里爾的策略很快就奏效了，對方也知道和這樣的龐然大物貼上去鬥狠自己不佔優勢，所以局面很快就變成了納粹飛碟在菱形飛碟後面追著打。

「你在鬥狠！」林春生見狀用中國話歇斯底里地大喊起來：「你是在拿我們的命鬥狠！」

「你說什麼！？不要摺中國話！」里爾皺著眉頭，邊操控飛船邊大聲叫著。就在這時他看準時機對準菱形飛碟上的雙引擎射出了致命一擊，隨著一陣爆炸巨響，被炸得只剩半截的菱形飛碟拖著黑煙，猶如斷線的風箏晃晃悠悠地栽了下去。

里爾這時也不敢再拖延，馬上驅動納粹飛碟回到了山頂降落區上空，順著安丘利塔山口緩緩降了下去，在那裡又有幾架戰鬥飛碟正準備升空。此時駕駛艙頂板上的巨型水晶球能量積蓄已經完畢，里爾馬上下達了開火指令，在飛碟底部五門粒子光束炮第一輪齊射過後，降落區平臺霎時變成了一片火海，幾架燃著綠色火焰的飛碟艱難地從火海中鑽出來，還沒滑行幾步就先後爆炸了。與此同時，突襲也令降落區周邊安置的對空防禦系統啟動了，無數股類似激光的彈射物劃著五彩斑斕的弧線、呼嘯著從各個角落砸向納粹飛碟。儘管里爾早已開啟了隔膜防護，用水母一樣的透明外殼將納粹飛碟罩在其中，但如此密集的強大火力還是打得它劇烈震顫不止。此刻林春生就如同身在一艘被洶湧波濤來回拍打的破船上，顛簸得他狂吐不止。一旁的雷德蒙見狀不知從哪裡翻出一瓶VSOP人頭馬，遞給他說道。

「我知道這很不好受，孩子。你要實在撐不住可以試試這個，它能幫你鎮定下來。」

他話音還未落，酒瓶就被林春生一把搶過去擰開瓶蓋，一揚脖咕咚咕咚地灌了起來。一直攀在飛碟反應堆能源柱上的悟空見了，也趕緊跳下去和林春生爭搶。雷德蒙則被震得摔在地上，等他爬起來想要回瓶子的時候，卻發現他的酒只剩個瓶底了，林春生紅著臉打著酒嗝，一副不省人事的樣子滑到了地上。悟空也明顯喝茫了，晃著踉蹌的步伐沒走兩步就從二樓給震了下去。

而在艙外，戰鬥已進入到白熱化階段，面對道西基地降落區源源不斷發射來的彈射物，納粹飛碟並不躲閃，任憑它們打到透明防護外殼上產生劇烈的爆炸。同時飛船底部的五門粒子光速炮也加緊了對飛碟降落區的轟炸，從這時起再沒有一架飛碟從那裡飛出，整個山口都燃起了熊熊大火，從空中看去猶如一座即將噴發的火山。就這樣雙方火力交著了大約三分鐘後，來自降落區的反擊開始慢慢減少，直到最後全部停止，而整個過程納粹飛碟只用了幾分鐘的時間。

戰鬥結束了，但卻沒有歡呼聲，所有人都癱在地板上一動也不動。剛剛從死亡線上掙扎了一圈回來，活人現在和死人交織躺在一起卻絲毫不介意。艙裡靜的出奇，偶有人輕輕咳嗽一兩聲便很快沉寂下來，雷德蒙是最先從地上爬起來的，但隨之而來的一陣強烈暈眩又使他差點跌倒，他扶著艙壁踉踉蹌蹌地跑進駕駛艙，看到里爾正在座位上仰著頭大口大口地喘著粗氣，活像一條離了水的金魚。

「幹的不錯。」雷德蒙搖晃到里爾跟前、拍了拍他的肩膀：「你認為我們現在降落的話，下頭還會有攻擊嗎？」

里爾疲憊地瞪了雷德蒙一眼，有氣無力地說道：「除非那是來自地獄的攻擊。」

十分鐘後，納粹飛碟緩緩地降落在了已燒成一片焦土的降落區平臺上，艙門打開後雷德蒙第一個走了出來，眼前的景象讓他終生難忘，空中到處飄蕩著燃燒後的絮狀物，它們就像雪花一樣紛紛攘攘地傾瀉下來，周圍一切物體都在高溫下凝固成了炭狀，但通過它們的輪廓大致還可以勉強辨別，地面積起的黑灰有一尺多厚，風一吹它們便夾帶著火星，在雷德蒙腳下翩翩起舞。

很快死於先前襲擊的特種兵屍體都被裹上白單，從飛碟裡抬了出來，擺在地上一共排了長長兩列。望著還在不斷增加的屍體佇列，雷德蒙皺著眉頭一言不發，旁邊一名士兵正捧著小本子，一邊記錄一邊向他彙報。

「目前為止，兩次襲擊我們一共損失了154人，還有21人身負重傷，估計無法參加後面的戰鬥了，所以A隊一共減員175人……」

「好了，別說了。」雷德蒙一揮手打斷了他，「告訴各小組組長，整合部隊清點人數，待會每個小組十架飛行升降器，以組為單位自行空降，在道西基地第七層集結。」

「明白！」特種部隊士兵朝雷德蒙敬了個禮，轉身跑了。

雷德蒙接著掏出了通訊聯絡器，拿到嘴邊呼叫起來：「傑夫？我們A隊第一階段作戰任務已經完成，為什麼你們那邊還沒動靜？Over！」

很快聯絡器那一端便傳來了傑夫的聲音：「收到，我們馬上行動。你們那邊現在如何？Over！」

「不算太好，在強行登陸中我們遭到襲擊，死了很多人，之後的行動我們兩隊要保持密切聯繫，以便互相增援，Over！」

說完，雷德蒙便快步走到正在集結的人群前，指著前方地面凹陷下去的巨大入口，對他們說道。

「兄弟們，待會我們就會從這裡乘坐飛行器降下去，每架飛行器一次只能搭載四個人，所以第一批下去的兄弟到第七層後必須立即原地建立防線，等待後續大部隊的到來，不許擅自行動，明白了嗎？」

「Yes, sir！」所有士兵們都齊聲喊道。

「很好。」雷德蒙滿意地點了點頭，下令道：「一會兒第一小組先下，成功登陸後大部隊跟進。」

在雷德蒙的指揮下，四十名全副武裝的特種部隊士兵分乘著十架四具管槽旋翼ＸＶ—15推進飛行器，順著降落區地面凹陷的巨大洞口緩緩地降了下去。往返道西基地的所有飛碟就是經過這裡被彈射上來的，但對於人類的飛行器而言，這卻是一段深長的距離，飛行器越往下潛四周越漆黑，漸漸地連沿途峭壁都看不清了。在這種情形下，十架飛行器只得同時開啟探照燈才能勉強繼續下降，整個過程中雷德蒙都與第一小組組長保持著聯繫。

「這裡是總部，你們現在進行的怎麼樣？報告你們的方位。」

「收到！我們還在下降，這裡越來越黑了，這段路程也比我想像的要長，下面的深淵好像一直看不到底。」

「那是正常的，你們正在直穿安丘利塔山，不算道西基地一層到七層的距離，這座山都幾百高……」

聽了雷德蒙的話，在飛行器裡的小組長正要張口反駁，卻忽見一道橙色鐳射從眼前一閃而過，他左翼的那架飛行器瞬間就爆炸了。隨著一團上升的火焰，飛行器殘骸飛濺得到處都是，其中一塊擋板捲到另一架飛行器螺旋槳裡，導致對方也跟著一起墜毀了。

看到眼前這一幕小組長立刻慌了神，他拿起聯絡器發瘋似地朝那端喊道。

「有埋伏！重複，我們正在遭到攻擊！」

「見鬼！是不是敵方飛碟？」聽到第一小組的緊急呼叫，雷德蒙一時也有些懵了。

「不知道！看著不像……」小組長拖著哭腔叫道：「它們看著是從兩端峭壁上射出來的。我得返航了，剛才我們又有兩架被擊毀了……」

透過通訊器話筒，雷德蒙果然隱約聽到了接二連三的爆炸聲。「好吧。」他大聲說道：「那你們趕緊回來吧。」可是此刻對方那頭早已沒有了聲音。兩分鐘後，只有三架XV—15推進飛行器從降落區入口狼狽地鑽了出來。見此情景，里爾不由嘆息了一聲。

「唉！又損失了28個人。」

一旁的雷德蒙卻沒有吭聲，他死死地盯著地面上黑黝黝的入口，看了半天才問里爾道：「你覺得剛才襲擊空降組的是什麼東西？」

里爾想了想說：「應該是灰人佈置在內穴的防空武器系統，它們可能在這裡佈置了兩層，我們剛剛只摧毀了基地設在外界的防空系統，但是安置在安丘利塔山內部的防空系統卻不是那麼好對付，因為它們藏匿得太深了。」

聽了里爾的這番話，雷德蒙又沉思了片刻，但他很快便有了主意。

「如果我們用納粹飛碟上的光速炮沿壁把洞口擴大，然後直接把飛碟開下去摧毀那些玩意，你覺得怎麼樣？」

「這倒是個好主意！」里爾眼前一亮說：「那就趕緊通知大家全部上船，我們放手搏一下。」

正在這個時候，從山腳下傳來了一聲轟天巨響。雷德蒙知道，那是B隊也開始行動了。

一切都正如雷德蒙預想的那樣，在用光速炮把洞口往外拓展了一圈後，納粹飛碟成功地鑽了下去，雖然在下落的過程中有幾次飛碟差點被內部凸起的峭壁卡住，但里爾很快就用鐳射速射炮消除了這些障礙。當他們下降到400米時，如期遭到了來自下方角落的攻擊。一道道橙色的鐳射呼嘯著從各個方向飛來，打在納粹飛碟上，最後卻只在黑暗中濺起無數璀璨煙花，納粹飛碟毫髮無損一邊繼續下降，一邊從底部拉出了五支粒子光速炮筒。「開火！」隨著雷德蒙的一聲怒吼，五門光速炮同時齊鳴。一輪打擊過後下方的所有防禦系統就全變啞了。

解決完這一切，里爾駕駛著飛碟試圖繼續深入，卻發現下面的距離已開始變得越來越窄了。

「不能再走了！」他朝雷德蒙叫道：「下面就快要到道西基地了，這裡的設計是上面寬下面窄，要想下去還得靠飛行器，我只能把飛碟懸在這裡，剩下的路你們自己走吧，我在這裡等著和你們匯合！」

「怎麼就你事那麼多！」聽了里爾的解釋，雷德蒙臉上寫滿了不高興，但他也沒有更好的辦法。無奈之下他只得到一層艙廳組織麾下隊員，搭乘飛行器去完成後續的登陸。就這樣，停在空中的納粹飛碟儼然變成了一座永不沉沒的航母，一架架飛行器排列著從上往下依次經過飛碟艙門，接上四個人便立刻沉下去。這樣的速度僅用了十分鐘就完成了第一批370人的運載，好在後續的空降登陸中再沒有出現類似先前的襲擊，當第一批特種部隊士兵在第七層向外延展出的長廊登陸後，他們驚訝地發現，前方通往基地內部的空曠過道裡一個人也沒有，似乎外星人已經放棄了這裡。這也使得雷德蒙的大部隊得以從容地分批全部安全抵達。雷德蒙是最後登上飛行器的，跟他一起被塞進飛行艙的是醉得不成樣子的林春生和悟空。望著眼前這兩個廢物，他有些後悔了：「我怎麼帶著這麼兩個白癡。」這時一旁有士兵笑著給雷德蒙遞來一個水囊。

「這裡面裝的是什麼？」雷德蒙接過後問道。

「是冰水，長官！醒酒用的，如果外服的話效果會更好。」那士兵說著朝他擠擠眼睛。

雷德蒙立刻便明白了，他把水囊舉到林春生腦袋上，一股腦地澆了下去。幾秒種後隨著一聲尖叫，林春生徹底清醒了過來，他大口喘著粗氣，環顧四周語無倫次地說道。

「好冷，好冷……我們剛才是不是墜毀了？我在哪裡，這裡是天堂嗎？」

「很遺憾，不是。」雷德蒙望著他冷冷地回答。

林春生卻仍舊繼續追問：「怎麼，雷德蒙先生你也和我在一起？那看樣子我們一起下地獄了？」

「你哪兒也不在，你正在開往道西基地的飛行器坐艙裡，如果你能閉嘴坐好的話，我們會下降得快一點。」此刻雷德蒙終於有些忍不住了。

「那這比下地獄更糟。」林春生小聲嘟囔了一句。

雷德蒙又推了推身邊睡意朦朧的悟空：「猴子，醒醒！我們馬上就要到基地第七層了，待會兒後續的路程就靠你了！」

「唔……唔……」悟空垂著頭，用鼻子哼哼了兩聲算作回答。

雷德蒙見狀只好故技重演，拿起水囊將剩下的水順著它腦袋澆了下去。誰知被淋了一頭水後，悟空竟直接栽在座位上打起了鼾，氣地雷德蒙拿起聯絡對講機，也不管對方誰接聽，對著那頭就開始發飆。

「我找鄭！他在哪裡？替我質問他他是從哪兒找到的這隻無賴猴子！它只會酗酒，什麼都被它搞砸了！」

而此刻鄭海濤就躲在接聽者身後，當接聽的人想把話筒遞過來時他趕忙連連擺手，示意自己不方便接聽。好不容易唬弄過了雷德蒙的電話，鄭海濤才算是鬆了一口氣。一旁的鄭海瑞見了，忍不住好奇地問道。

「哥，怎麼了？你為什麼不接雷德蒙的電話？」

「還不是因為悟空。」鄭海濤嘆了一口氣說：「它好像把雷德蒙給惹毛了，所以現在還是不要招惹他的好。」

正說著傑夫也走了過來，他拍了拍二人肩膀催促道：「入口已經炸開了。尤娜、魯比斯先帶人進去了，你們也趕緊跟上隊伍。」

就這樣，鄭氏兄弟隨著大部隊又一次踏進了曾險些讓他們喪命的道西基地。而從入口進去後，鄭海濤發現隊伍所處的位置正是先前他們曾經宿營的警衛室附近。望著不遠處那間老羅傑曾在裡面休息過的警衛室，鄭海濤一時間百感交集。他又想起了王肅、卡洛斯、尼古拉斯、張薇……但如今他們已全都安息在了道西基地。

這時尤娜走來，伸手在他眼前晃了晃說道：「你發什麼呆呢？這兩層你們不是來過嗎？趕緊帶我們去這層通往降落區的出口。我剛剛已經通知A隊了，他們會派飛行器在那裡等著我們。」

「可我們上次是坐升降梯到第二層的呀！」

「你瘋了吧？一千多人要靠升降梯得運到什麼時候！」尤娜說著轉身氣哼哼地走了。

好在鄭海濤先前曾繞過第一層許多地方，他用排除法對著地圖刪掉了之前去過的幾個方向，便只剩下西邊沒有走過了。」

在鄭氏兄弟的帶領下，長長的隊伍排成長蛇列，打著火把在陰暗濕冷的基地裡蜿蜒曲行前進。一路上，大概是噴灑進來的花粉起了作用，地上佈滿了奇形怪狀的外星生物屍體，有的還在抽搐中。走在最前面的魯比斯忍不住用砍刀刀尖，從地上挑起一坨軟塌塌、脊背上長出一對大肉翅的褐色囊狀生物高舉著大聲叫道：「嘿！有誰能告訴我這是什玩意兒？」

鄭海濤見狀馬上制止了他：「我要是你就離它們遠點，這裡的好多生物都具有極危險的攻擊性，上一次我們有人就是這麼死的。」

魯比斯一聽，趕緊用刀把那生物甩了出去。當他們又繼續前行了幾十米後，大家都忍不住被眼前的景象驚呆了。一條長著龍頭的巨型泥鰍狀生物，翻著銀白色肚皮伏在地上大口大口地倒抽著氣，尾巴在地上盤了好幾圈。驚愕之餘鄭海濤一眼就認出了這正是之前曾襲擊過他們，後被卡文迪許制伏的巨龍獸。出於對這巨大怪獸的敬畏，屠龍會所有成員都小心翼翼地從它身邊繞了過去。後續的路程也是一帆風順，隊伍所過之處除了遍地的生物屍體外，看不到一個外星人。就這樣他們輕鬆地抵達了一層通往降落區延展出的平臺上，那裡九十多架飛行器正盤旋在空中，似乎已經等待多時了。

傑夫走到隊伍跟前示意大家列隊站好，然後清清嗓子說道：「待會兒我們分成兩組行動，魯比斯和我帶800人去第六層炸毀那裡的磁懸浮快列隧道，以免外星人的部隊從別的基地增援，尤娜你和鄭帶著其他人到第二層去解救被蜥蜴人關押的人質，行動中我們隨時保持聯繫！好了，事不宜遲，大家行動吧！」

在傑夫指揮眾人分批登上飛行器的同時刻，身處道西基地第七層的雷德蒙也正帶領著特種部隊，沿崎嶇的通道向基地前進。本來的計畫是由悟空帶路，但現在醉得不省人事的它卻由一名士兵背著走在隊伍前頭。一路上出乎雷德蒙意料的是，他所設想的一上來便遭到外星人伏擊的場景並未出現。相反地，前方通道裡靜的出奇，這得以讓他放下心來好好地環視一番四周。這裡的一切都是按照灰人風格設計的，充滿了異域色彩，隧道兩側的管壁看著像是兩排張開的巨大肋骨，縫隙處嵌著螺旋狀填充物，地面踩下去軟塌塌的不知是何種質料鋪墊而成，角落裡每隔一百步就投射出兩道亮光，其亮度足以照亮整個隧道。隨著隊伍越發接近前方出口處的亮光，越來越多的士兵開始鬆懈下來，走在最前面的一名士兵甚至往嘴裡叼了根菸，停下來一邊低頭點火一邊說道。

「我覺得那幫傢伙早就跑了，可能在我們轟炸降落區的時候它們就溜掉了。」正說著眾人腳下突然莫名地顫抖起來，幾秒鐘之後地面分解成無數飛馳旋轉的圓碟，許多士兵慘叫著紛紛落入圓碟之間的縫隙裡，跟著一股股鮮血便如噴泉一樣滋射出來。雷德蒙見狀忙大喊一聲：

「弟兄們！沒有幾步了，大家不要停，衝到前面出口去！」

在他的帶動下，倖存的士兵們踮起腳尖在各個圓盤間跳來跳去，小心翼翼地向著前方前進。當有幾名士兵快要接近出口處時，卻見數道白光呼嘯著迎面襲來，那幾人連吭都沒吭一聲便被撂倒了。在這種情形下，雷德蒙拿起一枚手雷磕開保險，朝著出口丟了過去，同時回頭大聲叫道：「它們在那裡等著我們呢！大家都跟著我做，我們先殺出去！」

其他人見了也都爭先效仿，很快手雷就像雨點一樣接二連三落在出口處。在一聲聲轟鳴巨響中，雷德蒙帶著他的部隊強行從隧道裡衝進了第七層基地大廳。正如雷德蒙所料，地上躺著幾個被炸斷腿的灰人，它們蜷著身子痛苦地抽搐著，而周圍還有更多的灰人抬著嵌在手臂上的鐳射武器，一邊開火一邊從四面八方向雷德蒙他們合圍過來，很多才冒死衝出來的士兵還來不及抬起槍口，便在灰人的鐳射武器打擊下蒸發掉了。在這種情形下，之前一直伏在士兵背上昏睡的悟空這時突然睜開眼睛，跳下來以迅雷不及掩耳的速度在人們腿下鑽來鑽去，將猴子靈活性發揮地淋漓盡致，三兩下便不見蹤跡了。它的這一舉動讓一直背著它的士兵都看愣了，他張嘴正想說什麼時，卻被一道鐳射穿透胸口，瞬間他的軀體上便熔出了一個大洞，那士兵兩眼一

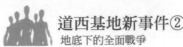

翻一頭栽在了地上。

在經歷了突襲造成的短暫混亂後，為了儘快穩住陣腳，雷德蒙迎著灰人的攻擊身先士卒衝在第一線，他看準時機端起槍一陣掃射，撂倒了前方一個灰人同時大聲叫道：「弟兄們！不要躲，把它們幹掉，它們只有幾十個，用子彈就可以解決它們！」

其它士兵見狀馬上組織好隊形，組成三角佇列朝四周的灰人邊開火邊緩緩前進。沿途不時有人被擊中倒下，但馬上又有人擠過來補上空缺。相比之下，灰人散佈得比較分散，它們不懂組陣也無法相互馳援，由此慢慢被A隊分割成幾塊。事實證明灰人對子彈也不比人類有免疫性，數量上它們更是不佔優勢，在A隊有組織的火力掃射下，灰人們一個個中彈倒地，其餘的都轉身奔向大廳左側的一處洞口。這會兒有些士兵早已殺紅了眼，見灰人逃跑，他們大叫著端起槍就要追上去，卻被雷德蒙大聲阻止住了。

「夠了！不要追了，我們的目標不是它們，現在整理隊伍去灰人的實驗室，留給我們的時間不多了。」

這時悟空不知從哪裡鑽了出來，跑到雷德蒙跟前一拍胸脯說道：「放心，後面的事就交給我吧！」

「我能問你個問題嗎？」面對悟空的大獻殷勤，雷德蒙並不理會而是冷冷地問道。

悟空仰起頭看著他：「你說吧。」

「你剛才去哪兒了？還跑得那麼快！」

「我尿急。」悟空說。

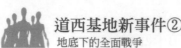

「好吧。」雷德蒙無可奈何地說道：「這一次就先原諒你，如果下回你還敢故技重演的話，我就把你扔回實驗室裡，聽到沒有？」

正說著，一名士兵跑過來向他報告道：「部隊剛剛整合完畢，在通道裡和剛才的交戰中，我們一共又戰死了199名士兵，打死38隻灰人，目前A隊的人數馬上就要不滿千人了。」

聽了這個數字，在雷德蒙身邊的林春生不禁感嘆道：「我們減員得好快呀，出發時還一千四百二十人呢！」

「這就是戰爭！」雷德蒙瞪了他一眼說道：「只要能夠炸毀灰人的病毒實驗室，今天在道西基地，我們兩千多人的血便不會白流！」

就這樣部隊稍作休整後，便在悟空的帶領下進入了另一條隧道，據悟空說這是通往目的地的最快捷徑，為了以防萬一和避免被切斷後路的危險，出發前雷德蒙又刻意留下200人原地駐防。按他的想法，只要攜帶足夠的TNT炸藥，用800人足以鏟平灰人的實驗室。

當大部隊穿過隧道後，他們來到了一處閃著綠色螢光的圓形區域，在其上方聳著一個類似蓮蓬狀的巨型黑色物體，它的截面上佈滿了窟窿，所有人都被眼前的景象看呆了。

「這是什麼？」林春生仰起頭指著它問。

「這裡是灰人休息的地方。」悟空接過林春生的話回答。

與此同時，上面的一個窟窿裡突然探出了一隻灰人的腦袋，它四下張望了一下很快又縮了回去。

雷德蒙見狀馬上大聲下令道：「背火焰噴射器的士兵上哪去了？給我馬上把它燒掉！」

很快三四名背著設備的士兵便跑到了那巨大黑蓮蓬跟前，用他們手中的噴射管對著每個窟窿逐一發射，不久就有灰人嘶叫著，渾身燃著烈焰從裡面跳出來拼命地朝前奔跑，猶如一團移動的火球。雷德蒙則舉著手槍守在那裡，見一個打一個，就這樣一共解決了六隻灰人。那巨大的黑蓮蓬也在高溫烤化下轟然一聲掉到了地上。

望著這一幕，林春生又忍不住感慨起來：「這外星人怎麼跟蜜蜂似得喜歡這麼築巢呀？」

但是眼下卻沒人回應他，解決了灰人巢穴後再往前走就是一個傾斜的大陡坡，下方光線微弱幾乎讓人看不清楚，悟空在這裡停下了腳步。

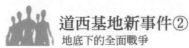

「從這裡下去後就是拉蒂斯人的實驗室了，不過你們最好要做好心理準備，剛吃完午餐的可千萬別進去……」

正在這時，陡坡下面黑暗中忽然傳來了一陣「喳喳喳」的聲音，其中似乎還摻雜著「嗚嗚」的怪叫，儘管動靜很微弱但還是引得士兵們用槍口對準了那個方向，悟空見狀連忙擋到了槍口前。

「等等，那是替拉蒂斯人看守實驗室的烏斯曼人，它們性情和善天生沒有攻擊性，在道西基地裡也遭受拉蒂斯人的奴役，它們應該是你們的盟友才對，讓我去和它們溝通一下。」說完它便連蹦帶跳地跑下了陡坡。大約不到2分鐘，悟空回來了，身後跟著一個比它還矮的綠色人形生物。這生物目測不到一米，上肢長著四個連著蹼的細長指頭，下肢末端分叉出兩個大腳趾，用於平時墊起腳走路，它纖細的身軀上拖著一個大腦袋，眼瞳酷似灰人，雙目間擠進一個鼻樑不是很明顯的小鼻子，下面的嘴巴看不到嘴唇只是一條縫，它們似乎不輕易張嘴，平時就算是溝通也只通過那條縫隙發出一些簡單的音節。由於其膚色碧綠，雷德蒙便把它們命名為「小綠人」。那小綠人在悟空的帶領下，走到雷德蒙面前將頭低了下去，同時高高托起雙臂「烏拉，烏拉……」地叫了起來，一旁的悟空忙不迭跟著翻譯。

「它說，尊敬的解放者，懇請你們把自由和平帶給這個地方，如果你們能讓我們擺脫拉蒂斯人，我和我的族人都願意為你們效力。」

「好吧。」雷德蒙看了一眼面前的小綠人，對悟空說道：「告訴它，我滿足它的請求，現在讓它替我打開灰人實驗室的大門。」

小綠人知道了雷德蒙的意思後，馬上轉身又走下了陡坡。雷德蒙朝身後部隊一揮手，大隊人馬便跟在它後面一路走到了實驗室銅牆般的大門前，在門的上方裝著一個可以靈活轉動的監控攝影機，旁邊的牆壁上並排著三塊播放著監控的螢幕，看畫面顯示的應該是實驗室內的情景。正下方擺著一塊晶體螢幕，小綠人把一隻手放到上面，隨著撲哧一聲短暫響聲之後，銅牆狀的大門中心顯現出一個小洞，接著越擴越大，直到形成一個入口為止。通過洞口看過去，一條筆直的大道一直往前延伸，似乎是一段長廊，過道兩側立著許多玻璃罐裝器皿，一個接一個挨得十分緊湊，綠色的螢光燈將裡面光線調和得猶如夜店一般，只能勉強讓人看清近距離的事物。

雷德蒙第一個走了進去，身處長廊中給他的第一感覺就是自己彷彿正置身於一家陰暗的展覽廳裡，而過道左右兩排玻璃器皿裡展示的東西也讓他著實嚇了一跳，每一個玻璃器皿都充滿了綠色的液體，裡面泡著插滿管子的不同人獸混合體，大多是人身獸首，距雷德蒙最近的器皿裡泡的是一個長著蒼蠅腦袋的小個子人形生物，插在臉上的管子還在不斷地冒泡，似乎還有生命跡象。旁邊的器皿裡關的則是一條人頭魚身的人魚，它的臉上擠著三隻眼睛，一對獠牙從嘴裡向外齜出，面像極為猙獰，讓人根本無法將其與印象中的美人魚形象聯繫在一起。類似這樣的組合體還有很多，以至於每一個走進來的士兵都流連駐足在兩排玻璃器皿之間，久久不願離去。

「它們才是真正的上帝，偉大的造物主……」盯著面前玻璃器皿裡泡的生物，一名士兵由衷地感嘆道，雷德蒙狠狠地瞪了他一眼說。

「別想多了，它們不過是利用人類母體與其他動物的基因組合，造出了這些畸形。人類目前也擁有這項技術，但出於道德範疇考量，我們國家禁止實行這樣的實驗，但蘇聯人在上世紀60年代幹過這種事。」

正說著前方突然有人尖叫起來：「噢！見鬼，上面還有東西，大家抬頭看！」

按照那喊叫士兵提示的方向，雷德蒙抬頭望去，果然看到實驗室頂板上密密麻麻吊著許多不斷蠕動的透明囊狀物，數量大概在上百個左右，每一個裡面都用羊水包裹著一個如同嬰兒一樣，蜷縮著的各種體型人形生物，讓人看著不由聯想起女人的子宮。

看到這一幕，一名士兵按捺不住內心的好奇，舉槍將其中的一個囊狀物打爆了。隨著鹹腥的羊水四濺，裡面包著的人體重重地摔到了地上。眾人圍過看去，那人膚色煞白，完全是人類的體型，身高目測應該在1米8以上，由於他沒有頭髮且一直蜷縮著身體，因此無法辨別其性別。就在這時他忽然在地上痛苦地呻吟起來，聲音聽著像是羊叫，嚇得圍觀的人紛紛後退，有大膽的士兵撥開人群上前查看，發現他已經睜開了雙眼，但卻只有黑色的眼瞼，看不到眼皮和眉毛，樣子與灰人倒是有幾分神似。

看著眼前這像是人類又貌似外星人的混合體，雷德蒙毫不猶豫地走上前去，對著他連開兩槍，隨著一聲撕心裂肺的慘叫，一股藍色的液體從那混合體身上淌了出來，跟著他又動了幾下便不再掙扎了。直到確認那外星混血嚥氣後，雷德蒙才轉過身朝那些看愣神的士兵們喊道。

「都在這兒磨蹭什麼呢！不做事了嗎？繼續前進。」

在雷德蒙的催促下，部隊又開始沿著長廊過道緩緩前行，而這時跟在隊伍後頭的林春生卻驚訝地發現，先前替他們打開實驗室大門的小綠人已不見了蹤影。當他把此事彙報給雷德蒙後，對方卻一擺手，極不耐煩的說道。

「我也發現了，現在先不理他們，以任務為重。」

聽了這話林春生也就不好再說什麼了。很快穿過長廊盡頭後，他們便來到了一個足有室內體育場大小的大廳前，還沒進門首先映入每個人眼簾的就是兩側角落裡堆成山的冷凍桶，每個體積都有啤酒桶那麼大。有士兵湊過去朝桶裡看了一眼，頓時蹲在地上乾嘔不止。雷德蒙見狀大聲朝他問道：「你看到了什麼？士兵！」

「不想再提了，您可以自己去看看，長官。」那士兵一面吐一面回答道。

「把你見到的說出來，這是命令！」

「裡面裝的都是各種畸形人類，長官。我在裡面見到了一個凍著有八條腿像螃蟹一樣的小孩，實在是太噁心了！」一說到這兒，那名士兵吐地更厲害了。

而林春生卻不信邪，大概也可能是因為他英語太爛，沒聽懂剛才雷德蒙和士兵的對話，只見他舉著 iphone 手機，興沖沖地跑到那堆冷凍桶跟前，得意地用中文自言自語道。

「來這裡怎能不帶走些回憶，回去把這照片賣給媒體，怎麼著我也得小賺一筆！」

但當他用手機鏡頭對焦冷凍桶內，按下快門的那一剎那，卻立刻像是見鬼一樣嚇得一蹦三尺，同時語無倫次地大叫起來：「哎呀媽呀！不玩了，太嚇人了……」

雷德蒙聞訊走過來，伸手從林春生那裡拿過手機，放大圖片後他看到了一個眼睛鼻子嘴巴都長在肚皮上，腦袋卻縮成皺巴巴一團的小孩坐在桶裡，這一幕也著實讓雷德蒙噁心得差點吐出來。他趕緊把手機遞給林春生，同時朝部下們下令道。

「先進去100人打頭陣，你們仔細搜索這一區域，有什麼新發現立刻向我彙報！其他人原地待命。」

在雷德蒙的命令下，100名全副武裝的特種部隊士兵衝進了房間裡，進去後他們才發現自己仿佛置身於一所大迷宮中，房間裡到處林立著透明的玻璃晶體空心柱，每一根都從地面直通頂板，如同外面長廊那些玻璃展示器皿一樣，這些空心晶體柱也都蓄滿了綠色液體，裡面安放著許多大型未知生物。但眼下士兵們卻無暇去欣賞柱子裡泡著的生物，他們端著槍在晶體柱之間來回穿梭，緊張地搜尋著房間裡每一個角落。

然而讓先遣隊始料未及的是，一些白色的身影也悄然混跡在這裡，它們遊走在晶體柱之間，當有士兵的目光快要捕捉到它們時，對方卻快速一閃而過，似乎是在和人類士兵玩捉迷藏。

終於，隨著一名正在前進的士兵脖子被扭斷倒地後，殺戮開始了。

一個個正在搜尋的士兵還沒弄清是怎麼回事，便被突然伸出的一雙白色巨臂拽到晶體柱背後。等同伴們趕來時，卻只見一具冰冷的屍體被留在那裡，兇手卻不知所蹤。在這種情形下，恐懼環繞在每個人的心頭，他們開始自發向後撤，但往回還沒走出一半路程，退路便被從柱子後面轉出的兩隻高大魁梧白色生物截斷了。它們普遍要比人類高出一大截，有著灰人的頭顱，乳白色的軀體上隆滿了塊狀肌肉，手臂和背上都挺拔著倒刺。它們沒有拇指，取而代之的是一對螃蟹般的利鉗，看著又和一般的灰人不大一樣。

望著擋在眼前的兩隻怪物，人群中不知是誰大喊一聲：「幹掉它們！」霎時所有的火力都射向了前方。面對雨點般落下的子彈，兩個怪物卻不躲閃，反而嘶叫著衝入人群中揮舞雙鉗，將阻擋它們的士兵逐個拋到空中，直到自己被打成篩子倒地為止。等好不容易解決掉兩個怪物，人類士兵也躺了一地。

望著遍地的屍體，還沒容倖存的士兵們喘口氣，就又有四五隻相同的怪物嘶叫著從他們身後衝了過來。見前方已經短兵相接，雷德蒙急忙大叫一聲：「所有人立刻馳援前方！」說完自己便端起衝鋒槍，身先士卒地衝進了小廳。在他的帶動下，士兵們紛紛吶喊著殺了進去，林春生也被這氛圍感染了，但是他沒有槍，情急之下他不知從哪裡翻出了一把水果小刀攥在手裡，呲牙咧嘴地怪叫著跟在隊伍後頭奔跑。

但是等他跑進來時戰鬥已經結束了，地上到處都是殘缺的屍體和痛苦呻吟的傷兵，往往是一隻死去怪物的身邊要留下五六具人類屍體。而剛剛那番激烈槍戰也導致房間內的警戒系統鈴聲大作，隨著鑲嵌在牆上的一排預警燈不停地閃爍紅光，晶體柱裡關的所有生命體都被啟動了，它們在液體裡不斷掙扎拼命拍打著柱壁，撞擊聲此起彼伏尤為壯觀。雷德蒙見狀顧不上清點傷亡人數，就驅趕著隊伍繼續前進，以便在它們衝出前撤離這裡。

前方又是一條目測不到終點的深邃通道，但是當每個人進到裡面後，都被眼前看到的景象驚呆了，過道兩旁安裝著隨通道延展的長籠，裡面關滿了赤身裸體的女人。一見有人經過，從牢籠縫隙裡馬上探出了密密麻麻的胳膊，爭先抓向探路士兵，同時震耳欲聾的哭喊求救聲霎時響徹在整個通道間。

雷德蒙也沒預想到這樣的情況，根據他的情報，所有人質應該都在第二層。眼下他大致掃視了一番兩側牢籠，感覺裡面被關押的人數應該在上萬左右。而還沒等他下令，一些士兵基於人道道義便開始迫不及待地用槍托破壞牢籠了，但所有牢籠上都附著電流，有人稍一觸碰及就會立刻被擊倒。這時悟空躥到雷德蒙肩上，指著不遠處石壁上一個閃著綠燈的開關，朝離它最近的人喊道。

「那裡是電源，把它關掉電流就會消失了。」

隨著開關被關閉，所有籠門都失去了作用，裡面的女人們爭先湧了出來，瞬間就將雷德蒙的部隊衝得七零八落，士兵們與赤身裸體的女人交織在一起，全都擁擠在狹窄的隧道，一時陷入了短暫的癱瘓狀態。

就連林春生前面也撞過來一個一絲不掛的金髮女郎，見此情景他瞬間鼻血就冒了出來。為了裝成是不小心的身體接觸，林春生閉上眼睛大叫一聲：「喂，後面的別擠我！小姐，我不是故意的。」一說完他張開雙臂，跟著向前方傾倒過去，誰知就這一小會兒，金髮女郎便被擠到了別處，換上了後面一個同樣赤身裸體的六十多歲老太太。林春生一把將她攔腰抱住，摸了兩下覺得手感不對，一睜眼看到眼前那張佈滿皺紋的老臉，不由地慘叫一聲：「鬼呀！」跟著一把給她推到了別處。

眼見突然多出了上萬被外星人劫持的女性，一下打亂了先前的部署，雷德蒙心中暗道糟糕，這一群沒受過專業訓練的人每每都擅自行動。他只好重新制訂他的計畫，他先和身在納粹飛碟中的里爾取得了聯繫。

「里爾？在嗎，收到請回覆，你在幹嘛呢？」

過了好一會兒，通訊器那端才傳來里爾懶洋洋的聲音：「我剛瞇了一覺，但好像越來越睏了……」

「見鬼！不要再睡了，你有事情要忙了。看在上帝的份上，我要你無論如何也要把納粹飛碟開進來，我這裡又多出了上萬名女人需要運走！」

「等等，雷德蒙你慢點說，怎麼回事？」見雷德蒙又扯到了女人，里爾一時有些懵了。

「她們都是灰人綁進基地的人體實驗品，數量比我們之前預想的還要龐大，飛行器全部馳援B隊去了，我們現在沒有其他運輸工具，只有靠你的納粹飛碟了，我們必須趕在外星人反攻前，把這些人質都安全轉移出去，你明白嗎？」

「可是……底下的尺寸飛碟無法通過呀……」

「這我不管！你自己想辦法，無論如何也要把飛碟開下來。」眼看講了這麼久，對方依舊在一件事上糾結，雷德蒙不由冒火了。

「好吧，好吧。」感覺到雷德蒙發飆了，里爾趕緊轉變了態度：「為了我們的女人！我盡全力吧。」

「那你儘快，我讓他們到我們坐飛行器登陸的地方和你匯合。」說完，雷德蒙便趕緊結束了通話，因為眼下他發現了一件很奇怪的事情，那就是很多被解救出來的女人們都長著一模一樣的面孔，就像是從一個模子裡刻出來的。一旁的悟空彷彿看出了雷德蒙的疑惑，馬上湊到他耳邊低語道。

「那些有著相同相貌的女人都是拉蒂斯人用快速克隆技術複製的克隆人，一樣被外星人用於基因實驗，食用和性交。」

雷德蒙聽完後沒有理它，轉身對麾下士兵們高聲喊道：「各單位注意，你們現在馬上開始甄別這些女人，把長相一樣的挑出來留下，只帶走剩下的，聽清楚沒有？」

他話音還未落，一時間便被那些可憐女人們此起彼伏的哀嚎聲給淹沒了。其中不少克隆人上前抓住他的胳膊，拼命搖晃哀求著。

「不！先生，救救我，我是真的，那些長得一樣的都是我的複製品！」

「我才是真的，帶我走！她們冒充我……」

「求求你，我要離開這裡，你不能對我們這麼狠心……」

望著眼前這番景象，雷德蒙也被震驚了，他無論如何也想不到這些克隆人竟被複製得與本尊如此之像，不光是一模一樣的樣貌，還有同樣的記憶，性格和情感。

為了疏散這些可憐的女人，雷德蒙不得不又分出了二百人來執行這項任務，自己則帶著不足五百人的隊伍，由悟空做嚮導向隧道前方繼續前進。在行進過程中，雷德蒙忍不住朝悟空問道：「我們的前方還有什麼？」

「死亡，先生。」奔跑中的悟空瞪了雷德蒙一眼說：「前面有地獄終結者正在等著我們，希望它們還沒有醒，要想到達拉蒂斯人的終端實驗室，我們必須要通過那裡！」

「地獄終結者？那是什麼意思！」雷德蒙說著敲了一下悟空的腦殼，他以為對方又在危言聳聽。說話間他們已經抵達了隧道終端，卻發現被一層厚重的實驗室鐵門攔在了外面。

「是這裡嗎？」雷德蒙問道，當得到悟空的回應後他立刻下令：「爆破組，用TNT把這扇門給我炸開！」

「不行！」悟空一聽，當即擋在雷德蒙面前尖叫起來：「你們這樣會把地獄終結者驚醒的，到時候誰也活不了！」

「沒有那麼誇張！」雷德蒙一把撥開悟空，不耐煩地道：「沒有別的選擇了，這是我們能進去的唯一辦法了。」

見雷德蒙執意如此，悟空只好說道：「我已經履行承諾把你們帶到實驗室了，我現在請求隨解救人質部隊撤退。」

「好吧，你可以走了。」眼下見沒有什麼地方需要它了，雷德蒙馬上爽快地批准了這一請求，但悟空在轉身離去時，卻又像想起什麼似地回頭問道：「你答應給我的18萬美元呢？」

「等我回去就給你。」

然而悟空對這一回答並不滿意，它一把抓住雷德蒙胳膊，執著地繼續追問著：「那如果你這次死了呢？」

「那你就祝我長壽吧！」雷德蒙被氣地一甩手推開悟空，忙著上前指揮士兵安置炸藥去了。見他不再搭理自己，悟空只好悻悻地逃離了那裡。

幾分鐘後隨著一聲穿雲裂石般的巨響，實驗室大門在TNT炸藥威力下轟然坍陷，連接實驗室的整條隧道也被震得劇烈顫抖不止，灰塵碎石不住地從頂部往下落。待前方硝煙散盡，原大門的位置處露出了一個巨大的洞口，雷德蒙二話不說直接帶人衝了進去。進到裡面眾人才發現四周牆高百丈，竟是別有洞天，空中架設著許多類似鋼架橋的設施，四通八達連接在一起。上面似乎有自動裝置，在其驅動下一排包著液體的囊狀物像掛爐烤鴨一樣排序著被吊在半空不停運轉，它的中央依舊環列著眾多用來承載實驗體的巨大罐狀玻璃器皿，一眼望不到盡頭。所不同的是這裡面關的都是赤身裸體的人類，他們全身插滿了與艙壁連在一起的管子，閉著眼睛保持著站立姿勢，似乎正在休眠。

這時，不知是誰喊了一聲：「這裡也有東西！」

雷德蒙順著聲音望去，只見在他們進來的門口兩側各安放著一丈多高的兩個巨型管狀容器，裡面關著巨大的人類蝙蝠合成物。它約有三米高，蝠首人身，一對尖耳朵高高豎立在腦袋兩側，全身覆蓋著黑褐色毛髮，手臂與從背後伸展出來的肉翅連在一起，雙手交叉擋在胸口站在那裡猶如一對門神。所有人都被眼前這龐然大物驚呆了，他們像被施了法一樣，昂起脖子駐足仰視著久久不願離去。雷德蒙見狀衝到其中一管狀容器下，拔出手槍朝空中放了一槍叫道：「你們這些人，現在不是觀賞時間，給我繼續前進！」

他話音未落，那管狀容器管壁竟跟著輕輕振動了起來，有些士兵目睹到了這一幕，他們臉上露出驚恐的神情開始連連後退，雷德蒙也隱隱從身後聽到了這細微的響動聲，但他依舊故作鎮定的命令士兵們繼續趕路。

正當部隊準備繼續啟程時，門口左側管狀容器裡的蝠人怪物突然睜開了眼睛，它仰頭長嘯著，用沙鍋大的拳頭拼命錘擊容器管壁，很快便在那上面砸出了一道道裂痕。下方的士兵見此嚇得驚呼成一片四下逃散，雷德蒙攔都攔不住。就在這個時候，只聽垮嚓一聲巨響，隨著破碎的玻璃晶體像仙女散花一樣從上空紛撒落下，那人蝠合體的怪物錘破了容器壁，彎腰從裡面鑽了出來。面對身高還不到大腿根的人類，它就像抓小貓一樣，隨意從地上拎起一個士兵扯成兩半拋到空中，接著又去抓下一個，而士兵槍管裡射出的子彈打到它身上卻絲毫不起作用。一時間，恐懼的士兵們哀嚎著紛紛朝出口處潰退。

但那些好不容易衝進隧道的人，還沒跑出兩步就又被迎面而來的一道道白光打成了肉醬，緊接著幾十名高挑的灰人抬著安載著鐳射武器的胳膊，一邊發射一邊朝人群逼了過來，在它們身後追隨著眾多不同種類持有武器的外星聯軍。以蜥蜴人為主，其他的外星人長相各異，有的胸腔兩側延伸出六隻細長胳膊、三角形小腦袋上有一對能折射紅色光芒的眼睛，還有的看起來像是一隻巨大的白蛾，長著一對蝴蝶一樣的白色巨翅，它沒有腦袋，眼睛長在胸脯上。

在巨型蝠人和外星聯軍的前後夾擊下，人類如同陷入包圍圈的獵物一樣被趕來趕去，途中死相枕藉，從實驗室到隧道短短的一段路程到處是殘肢碎屍，讓人無從落腳。在這種情形下，一直被裹在隊伍裡的林春生見來回亂撞了半天都無法出去，為了保命他乾脆伸手從地上沾點血抹在臉上，趁著正在屠殺前頭人的外星人還沒注意到他，就勢緊閉雙眼躺在了地上。就這樣也不知過了多久，他感覺耳邊殺喊聲漸漸變小才偷偷睜開了眼睛，誰知映入眼簾的卻是一張鼓著兩個大眼，正好奇地注視著自己的外星人面孔，嚇得他「啊」地大叫一聲，上半身霎時從地上彈坐起來，腦袋一下撞在外星人臉上直接把對方砸暈了，這會兒林春生也顧不上這些了，他跳起來趕緊跑到角落裡躺下繼續裝死。

而在實驗室的那一端，面對這兵敗如山倒的局面，雷德蒙舉著槍衝上前，試圖攔截逃兵，卻被那巨型怪物一腳鏟到空中，他被拋起一米多高，重重地摔進了角落裡，跟著胸口一緊，一口鮮血從嘴裡噴了出來。此刻望著這一幕，雷德蒙才真正體會到為什麼悟空一說起地獄終結者時會怕成那樣。

與此同時在安丘利塔山內部，先前一直懸浮在半空中的納粹飛碟也在里爾操縱下，通過電磁推力積聚，以每分鐘三千米的速度，開足馬力朝狹窄的深淵中垂直撞了下去，飛碟刮蹭著山內周邊岩壁一路下行，很快便造成了一場不小的塌方，它就這樣裹帶著大小不一的碎石強行擠入了道西基地。直到這時，坐在駕駛座上的里爾才徹底鬆了一口氣。剛才的那番驚險之旅嚇出的冷汗，讓他看上去就像是剛從水裡撈出來一樣。為了讓雷德蒙也放心，他顧不上休息就接通了對方的聯絡器，但從聽筒裡傳來的卻是接連不斷的哀嚎和陣陣槍聲。

終章

第二次道西戰爭

有的時候，結局只是一個新的開始。

「我又回到了噩夢開始的地方，這裡的死亡氣息已變得更加濃厚，我無法阻止自己的雙腿顫抖，卻不想以這種方式去迎接死神的降臨，因為恐懼，我曾經試圖忘卻，同樣因為命運，我不得不再次選擇面對。」

在和尤娜、鄭海瑞一起乘坐推進飛行器前往道西基地第二層的路途中，鄭海濤用潦草的字跡在筆記本上匆匆寫下了這段話。坐在對面的尤娜從剛才就一直注視著他的一舉一動，此刻看到鄭海濤筆下的這些方塊字，她不由把腦袋湊過來好奇地問道。

「都這時候了你還在這裡瞎寫什麼呢？」

鄭海濤闔上本子，白了她一眼嘆口氣說：「我寫的是中國字，你不懂。我只是記錄一些臨終的感悟，也可以算是最後遺言吧。」

「笨蛋，你怎麼知道自己就會死！」尤娜聽了輕輕地在鄭海濤臉上摑了一巴掌道：「不要想太多了，我會保護你的。」

坐在鄭海濤旁邊的弟弟看到這一幕，馬上對著他露出一臉壞笑，鄭海濤假裝沒注意到弟弟的表情，做出一副灑脫的姿態回應尤娜道。

「其實我並不怕死，我這三十年的人生已經經歷了別人活六十多都可能都無法體驗到的事情，如果今日能轟轟烈烈地戰死在這裡，也總比以後百病纏身死在病榻上好吧？」

聽他這麼一說，尤娜也只好聳了聳肩不再回應了。這時，鄭海濤突然被弟弟私底下狠拽了一把，疼地他深吸了一口冷氣叫了起來：「你幹嘛？」

「噓……小聲點！」鄭海瑞壓低聲音用中文小聲問道：「哥，那個美女是不是對你有意思？那你可有福了，你看她的身材，你有沒有想……」

鄭海濤見狀朝著弟弟來了個大勒頸，同時用中文回敬道：「你這小兔崽子，怎麼在美國待了幾年也變成這樣，怎麼什麼事到你嘴裡就全變味了！」

「那你也得自己沒變味才行呀。」鄭海瑞小聲回敬道：「說實話，哥。那嫂子呢？你是怎麼定位她的？」

一被問到這個問題，鄭海濤馬上變得傷感起來。「她永遠是我的愛人。」他說道：「任何人都無法替代她在我心中的地位，但是從目前情形看，她可能和同事們一樣已經和我們陰陽相隔了，如果是那樣我死在這裡也算是死得其所了，等到時候還可以繼續去找她。」

「天吶。」鄭海瑞用手捂住腦門顯出一副慘不忍睹的樣子，同時卻又繼續奚落哥哥道。「你這段時間到底是受什麼刺激了？怎麼感覺跟那啥……對！跟抑鬱症患者似的。聽我的，哥，別瞎琢磨了，嫂子是肯定不能忘的，但依目前情形你也只能把她擺在心裡了，那個洋妞呢，等這事兒完了你再加把勁，把她娶進來擺在家裡做我的新嫂子，到時候我也幫著你撮合撮合……」

「他媽的……」鄭海濤笑了，伸腿朝著弟弟來了一腳。

就在這個時候，下方黑暗深淵裡傳來了一陣陣瘮人的怪叫聲，與此同時眾人腳下也跟著莫名的顫抖起來，尤娜見狀立刻產生了警惕，她拿起通訊器與盤旋在最下方位置的飛行器取得了聯繫。

「二組，二組，剛才那聲音你們也聽見了嗎？應該就在你們的下方，到底是怎麼回事？」

很快通訊器另一端就傳來了回覆聲：「我們也搞不清楚，不知是不是某種怪物，我們還有20米就要抵達第二層陽臺了，請你們也做好準備。」

「好的。」尤娜說著放下了通訊話筒，對鄭氏兄弟說道：「系上你們的安全帶，我們準備降落了！」

就這樣在持續的顛簸中，鄭海濤他們所乘坐的飛行器重重地磕在了陽臺上，儘管鄭海濤已經綁了安全帶，但還是被巨大的衝力顛地屁股從座椅上彈了起來。旁邊的弟弟看上去更糟，在降落的那一剎，他腦袋重重地磕到了扶手護欄上。

「Oh，shit……！」鄭海瑞捂著腦袋邊罵邊抬起了頭，接下來他就被眼前所看到的壯觀景象驚呆了，放眼望去只見遍地的蜥蜴人屍體，它們生前似乎曾聚在這裡試圖離開。在這裡面有一些蜥蜴人還尚未斷氣，它們睜著眼睛倒在地上，隨著身體上下起伏艱難地抽著氣，那些先於鄭海濤他們登陸的士兵馬上端著槍跑了過去，朝著地上垂死的蜥蜴人挨個補槍。看到這一幕，鄭海瑞逐漸地放鬆了下來，他興奮地說道。

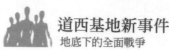

「哥，我打賭，這一路我們都不用費一槍一彈就能到達目的地，傳進來的花粉應該把這層的蜥蜴人都滅絕了！」

「但願吧。」鄭海濤淡淡地回應了一句，不知為什麼，此刻他內心深處反而越來越不安了。

等所有人都到齊後，尤娜簡單地整了一下隊伍，便在鄭氏兄弟引領下，帶著這五百人浩浩蕩蕩地闖進了蜥蜴人的老巢，沿途到處都有倒斃路邊的蜥蜴人屍體，看來花粉的確發揮了驚人的效應。當他們進入透著白熾燈光的基地大廳後卻反而看不到一具屍體了，除此之外四周也都靜悄悄地，看不出有蜥蜴人活動的跡象。但是這細微的變化並沒引起鄭海濤足夠的重視，身為嚮導的他，眼下所有的注意力都集中在前方的三條通道那裡，同時他大腦也在飛速運轉，努力回憶著當時悟空帶領他們所走的路線。

見哥哥有些遲疑，一旁的鄭海瑞忙湊過來提醒道：「哥，我記得應該是中間那條通道吧？」

經鄭海瑞這麼一說，鄭海濤也越看越覺得眼熟，於是他朝尤娜點點頭，大隊人馬便在他二人帶領下進了中間的通道。裡面是一段漫長曲折的羊腸道路，通道裡頂燈發出的微弱光亮只能照見十米開外的地方，兩邊的牆壁看著像是由大理石砌成，隱隱約約還能從上面看到一些外星文的指示路標。四周靜的出奇，除了眾人雜亂的腳步響動，聽不到一點聲音，在這種氛圍下鄭海濤越走心裡越沒底，尤娜也感到有些不大對勁，她一把拉住鄭海濤，氣急敗壞地開始詰責他：「到底是不是這麼走！你認不認路呀？」

「這和認不認路沒關係！」鄭海濤不服氣地回道：「我們這次是從另一個地方進入第二層的，你總得讓我先熟悉一下吧！」

就在二人爭執中，深邃的通道盡頭突然爆發出一陣陣歇斯底里的嚎叫，很快便有一批面相猙獰的白猿從黑暗裡衝了出來，它們手持各種武器，密密麻麻地擠在一起，瞪著血紅的眼睛，鼻孔呼哧呼哧地噴著粗氣，與尤娜鄭海濤率領的部隊對峙起來。鄭海濤定睛一看，發現這些白猿正是本層實驗室裡培育出的那些為取代人類的變種，它們好像沒有受到花粉的傷害，一個個精神抖擻，手中所持有的武器多以蜥蜴人愛用的利刃為主——一種兩頭寬、中間窄的刀劍。此外還有一些變種猿手裡端的是類似長管炮筒狀的發射武器。尤娜見狀深知在這樣狹窄的場合，自己部隊根本無法展開作戰，於是急忙大聲下令道：「所有人都往回撤！」

可他們還是晚了一步，幾乎與此同時，一大波怪猿大聲嚎叫著，由眾人身後入口處湧了進來，從兩頭將部隊緊緊夾在通道中央。見此情景所有的人都開始埋頭檢查彈藥，站在頭一排的屠龍會成員們也將槍栓拉地嘩嘩作響，然而還沒等他們有下一步舉動，對面的變種猿們就衝了上來，它們敏捷的身手三兩下便讓前排人全部淪為了刀下鬼。這就像是一個訊號，一時間所有屠龍會成員都怒吼著前赴後繼衝向變種猿，雙方擁擠在這狹窄的地方你來我往，呼嘯的子彈與刀刃的白光交織在一起，殺喊聲震聵著整個隧道。然而這樣的戰鬥對屠龍會卻不佔優勢，所有人被擠壓在一起無法動彈，不僅火力無法拓展，隊伍中央的人甚至連槍栓都拉不開，往往是頭一排戰士倒下去後面的人才能看到敵人。鄭氏兄弟也被壓制在人群第五排，剛才的衝擊讓他們和尤娜失去了聯繫，此刻望著前面的人一排一排地被殺掉，為了護住弟弟，鄭海濤拉著他拼命地往後擠，但在身後強大人流推力下，他們還是一點點地被拱向前方，這時一隻變種猿幹掉了擋在鄭氏兄弟身後的戰士，跳過來一把拽住鄭海瑞的頭髮，拼命地把他往前拖。

「哥……哥……！」鄭海瑞掙扎著驚恐地大聲呼叫起來。

鄭海濤見狀忙從腳下撿起一把衝鋒槍，一面大叫著一面用槍托朝抓著弟弟的變種猿身上狠狠砸去，那變種猿挨了兩下子徹底被激怒了，它一腳將鄭海濤踹倒在地上，當著他的面拉起鄭海瑞頭髮往後一拉，鄭海瑞喉嚨便露了出來。

「不要……！」看到這一幕，鄭海濤不顧一切地大叫起來，他努力地想從地上爬起，卻一次次被迎面往後撤的人踢倒。

就在這個時候，那變種猿將右手臂佩戴的利刃伸到了鄭海瑞喉嚨處，輕輕一劃割斷了他的氣管，鄭海瑞都來不及叫，便一翻腦袋仰到了身後。對方一鬆手，他的身體暫態軟綿綿地滑到了地上。

「海瑞……！」見弟弟就這樣慘死在自己面前，鄭海濤如同一隻發瘋的野獸，歇斯底里地慘叫起來。此時的他什麼也顧不上了，端起衝鋒槍朝著殺害弟弟的變種猿就是一通瘋狂掃射，一梭子彈過後，隨著那變種猿一起倒下的還有三名與敵人混在一起的屠龍會成員。

不遠處的尤娜見狀拼命從人群裡擠了過來，一把奪下鄭海濤手裡的槍大聲斥責道：「你瘋啦？怎麼連自己人都打！」

這時的鄭海濤已徹底失去了理智，殺紅了眼的他一把將尤娜推到地上大聲咆哮道。

「你不用管！我要殺光它們！這群畜生……！」

說著他又從一旁屍體上抄起一把衝鋒槍，端在手裡就要衝上去與變種猿們拼命，尤娜從地上爬起來並沒有惱怒，而是上前一把抱住鄭海濤，將他腦袋摟在自己懷中輕聲安慰道。

「寶貝，我知道這很不好受，今天在這裡我們都失去了很多人，但你弟弟也一定不希望你這麼快就過去找他吧，先跟我離開這裡，我們一定會為他報仇的。」

在尤娜的撫慰下，鄭海濤哭著爬到鄭海瑞身邊，攙著弟弟那逐漸冰冷的屍體，被尤娜拽著向後撤去。為了扭轉這不利局面，尤娜舉起手槍一邊朝空中鳴槍示警，一邊大叫著。

「屠龍會弟兄們，不要在這裡戀戰！大家跟我殺出去，我們到空地再解決它們！」

在她的號召下，被困在通道中的人們開始不顧一切地往回衝，圍堵在前方的變種猿哪裡肯放過這殺戮機會，馬上跟在撤退的人類後頭一路砍殺，很多掉隊或跑慢的人都成了它們獵殺的物件。等隊伍好不容易衝破攔截回到大廳時，五百人的隊伍早已變得稀稀拉拉，但眼下尤娜卻顧不上這些，望著如洶湧洪水一般從四面湧過來的變種猿們，她馬上下令所有屠龍會戰士三人一組，就地組成三角形防禦工事，以強大的火力從三個角度射向試圖靠近的變種猿。在猛烈的火力覆蓋下，一時間變種猿們死傷枕藉，光距防禦工事不到十米的地方，屍體就堆了有三層高。

儘管對方死傷慘重，但它們卻絲毫沒有退卻的意思，前頭的倒下去後，後面的仍高聲怪叫、義無反顧往前衝，靠擋在前面的同伴消耗狙擊者子彈的同時不斷地接近目標。在這種情形下，一些變種猿順利的衝到人類防禦工事前，以猝不及防的速度瞬間將人撲倒，騎在對方身上手起刀落一刀斬去首級，很快週邊的臨時工事就先後被變種猿攻破了，人類和怪猿們再次交織在一起短兵相接肉搏起來，這種氛圍也深深地感染了鄭海濤，特別是一想起被變種猿當面殺害的弟弟，內心深處馬上又怒火中燒起來，只見他大叫一聲迎著變種猿們衝上去，用手中的槍搜尋著它們身影，見一個蹦一個。很快不遠處一個剛剛解決掉人類士兵的變種白猿也瞄上了他，趁著鄭海濤注意力都集中在前方，它突然從斜處衝上來把他撲倒，而直到這時鄭海濤手裡仍緊緊攥著那把衝鋒槍。此刻他突然想起了之前卡洛斯在湖灘上說過的一句話。「選對一把好槍就是交到一個最可靠的朋友！因為它可以救你們的命！」

想到這兒，被壓在身下的鄭海濤一邊掙扎一邊努力地將槍管抬高，當槍口指向變種猿時他拼命扣下了扳機，隨著一陣清脆的槍聲，騎在他身上正高舉利刃，準備往下插的變種猿慘叫了一聲倒了下去，鄭海濤連忙將這醜陋怪物的屍體從自己身上移開，雙手支撐坐在地上大口大口地喘著粗氣。而這時，隨著越來越多的變種猿橫屍遍野，戰鬥也進入了尾聲狀態，望著躺了一地的敵方屍體，鄭海濤目測它們被消滅的數量應該在一千以上，而己方也損失慘重，當最後一隻變種猿被擊倒後，還站著的人類戰士連抵達這裡時的一半人都沒有了。

尤娜從屍堆裡爬起來後也注意到了這點，她馬上命令各小組統計倖存人數，很快結果就出爐了，只有211人倖存，一半以上的人都在剛才與變種猿的混戰中戰死了，看著這個數字尤娜咬著嘴唇半天不吭聲，鄭海濤卻在這個時候走過來不明就裡地問道：「我們已經傷亡過半了，任務還要繼續嗎？」

「繼續！」尤娜咬咬牙說道：「一定要把被關押的人質都救出來，剩下的路就全靠你了。」

鄭海濤點了點頭，不自覺地伸手拉住了尤娜放在膝蓋上的手。尤娜沒有閃躲，用另一隻手替鄭海濤拍掉了身上的塵土，兩人四目相視，似乎不用過多的言語就已經形成了默契。

「我要帶我弟弟一起走，不能把他留在這兒，他從小就怕一個人。」鄭海濤說。

尤娜沒有說話，起身幫忙將鄭海瑞的屍體搭在了鄭海濤身上，和他相互攙扶著向前走去，其他人見狀也三三兩兩地跟了上來。當他們終於抵達了蜥蜴人關押人類的倉庫時，尤娜看了一眼錶，發現時間已經過去了2個小時。「也不知雷德蒙、傑夫那頭怎麼樣了，我要先聯繫他們確認一下。」尤娜說著把聯絡器調到了傑夫的頻道，但話筒那頭卻一直是沙沙的盲音聲，尤娜不死心接著又換了雷德蒙，這次倒是很快連接上了，可首先傳入眾人耳中的卻是激烈的槍聲，和不知是誰歇斯底里的喊叫聲。

「雷德蒙！雷德蒙你在嗎？你們那邊現在是什麼情況？Over？」尤娜急地對著話筒大聲喊道。

話筒那頭這樣的情形又維持了好一會兒，才隱約傳來了雷德蒙虛弱的聲音：「見鬼！我們在實驗室遇到伏擊，死傷慘重快要撐不住了。你們還有多少人，如完成任務請求儘快過來馳援！Over……」

說到這兒雷德蒙那頭便突然中斷了。尤娜握著聯絡器話筒與鄭海濤對視了一眼，轉身對殘存的二百餘名屠龍會眾下令道。

「夥計們！我們又有新任務了。等護送完人質離開，你們立刻和我去第七層馳援友軍！」

「明白！」所有人都齊聲叫了起來。

直到這時，尤娜才將注意力轉向了前方不遠處蜥蜴人的倉庫，在那裡除了門口倒著幾具蜥蜴人屍體外，倒也沒有什麼值得特別注意的，四周仍是空無一人，仿佛所有外星人都在一瞬間蒸發掉了。鄭海濤不曉得哪來的勇氣，將弟弟屍體放到地上，自告奮勇地對尤娜說。

「替我照顧我弟弟，我帶一隊人先進去查明情況。」

「那你小心點……帶上這個，它是我們的護身符。」尤娜說著，從自己脖子上解下一副拴著繪有六角形圖案的掛墜，親手替鄭海濤戴在了脖子上。鄭海濤撫摸著胸前帶有尤娜體溫的掛墜，竟不知哪兒來的勇氣一把抱住對方，將嘴唇貼在了她的嘴上，尤娜開頭既沒反抗也不配合，但幾秒種後她就不自禁地擁住鄭海濤與之熱吻起來。就這樣在眾目睽睽下，二人纏綿了大約半分鐘才依依不捨地放開。在這個過程中沒有人起哄，不是見慣不慣，是沒那個心情。

「我走了！」完事兒後鄭海濤伸手抹抹嘴，朝剛才就一直矚目著他們的屠龍會會眾們喊道：「我需要二十個人跟我進去探路，有意願去的跟著我。」說罷，他便端起槍率先朝門洞大開的倉庫跑去，在他的帶領下又有十幾個人跟了過去。

當鄭海濤跑進倉庫的一剎那，他便隱約感到四周的氛圍有些不太對勁，許多牢籠的鐵門都向外張開，裡面空無一人，和上一次自己潛入這裡時簡直判若兩然。其他人也發現了這一情況，開始三兩聚在一起小聲議論起來。鄭海濤沒有加入他們，自己端著槍繼續往裡走，在這個過程中他突然聽到左側一個牢籠裡傳出了一陣女子嚶嚶的哭聲，見此情形他急忙向聲音起始地走去，邊走邊說道。

「小姐！只有你一人在那裡嗎？不要怕，我們是來救你出去的。」

可是對方並沒搭理他，反而哭的更起勁了。鄭海濤走到發出哭聲的牢籠前，那裡的籠門依舊是打開的，他借著微弱的亮光小心翼翼地朝裡面看去，果見一個全身裹著麻袋片，一頭黑色長髮垂地的女人蹲縮在牢籠角落裡背對著他正哭地起勁，鄭海濤見狀又改用中文問道。

「小姐，你聽不懂英語吧？你是中國人嗎？」說著同時伸手進去試圖去觸碰她，當他的手指終於碰到對方肩膀時，那女子停止了哭泣，慢慢轉過頭用雙手撥開了擋在臉上的長髮，誰知鄭海濤一見卻馬上嚇得一屁股癱坐在地上尖叫起來，原來那女人臉中央的一塊全部被挖走了，取而代之被粗糙地縫上了一塊不知來自何方的肉皮，一灘綠色黏液正接連不斷地從縫合處往外滲。

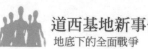

「別……別，你別過來……」此刻，鄭海濤早已被嚇得魂不附體，手連去拾槍的力氣都沒有了。面對鄭海濤的警告，那女子卻置若罔聞，用四肢跪地爬行，從籠子裡掙扎出來，一步步向他逼去。幸好這時兩名屠龍會戰士跑上前，一左一右將鄭海濤架起及時拖離了那裡，但緊接著又有五六個被改裝的和先前一樣的女人從籠子裡哭著鑽了出來。由於她們沒有眼睛無法辨路，走路時只能像僵屍一樣雙臂往前探，以此保持平衡。面對這些不知是人是鬼的東西，鄭海濤一面躲閃著來自她們的襲擾，一面扯著嗓子大叫起來。

「可惡！人質都被轉移走了，告訴外面任務取消，所有人都撤出去！」

就這樣，一行人倉皇地從倉庫裡逃了出來，卻誰也不願過多再去談論剛才的親身經歷。尤娜也沒有詳加追問，當她得知人質不在那裡時，一揮手說道：「所有人現在立刻去陽臺，乘飛行器到第七層去！」

一路上鄭海濤背著弟弟屍體與尤娜並排跑著，他們的手緊緊地拉在了一起。

「我總有著不好的感覺。」當他們經過一段兩邊都是雙層樓面的路況時，尤娜皺著眉頭焦慮地說：「感覺這些異型正躲在角落裡一直監視著我們，等待給我們致命的一擊。」

「別胡思亂想了。」鄭海濤在尤娜臉頰上親了一口，輕聲安慰道：「剛才進來時你也看過了，這遍地都是蜥蜴人的屍體，你見不到它們是因為這幫傢伙都已被花粉殺死了。」

「但願吧……」尤娜輕嘆了一聲說道。

可就在這個時候，跑在他們前面的一名戰士卻突然尖叫著撲在了地上，他的背上不知什麼時候被插入了一杆類似魚叉似的利器，與此同時部隊前行道路兩側的看臺上霎時像變魔術一樣鑽出了數不清的蜥蜴人，它們套著厚厚的防護服，每個人頭上都附著類似於頭盔一樣的面罩，以此來抵禦花粉的侵害。面對看臺下龜縮在一起的200多個人類，蜥蜴人就像圍趕獵物一樣，朝著人群投擲利器、發射鏢射武器，迫使他們按照自己設定的路線前進。望著身邊的同伴在蜥蜴人射殺下一個個倒地，尤娜拽住鄭海濤胳膊說道：「你跟著大部隊先走，我帶三十人留下來斷後掩護你們，我們在陽臺登陸地點見！」

「我們必須一起走……」鄭海濤說著一把攥住尤娜的手，生怕她去做傻事，尤娜卻一把將他推開：「來不及了！按我說的做，在陽臺等我，不然我們都得死在這兒。」說完這話，她便頭也不回地向後跑去，中途一面用手槍朝看臺上還擊一面叫道：「留下三十個人和我打掩護，剩下的弟兄繼續撤退！」無奈之下，鄭海濤只得背著弟弟，躲閃著從高處射來的鐳射繼續前進，在他身後迴蕩著尤娜等人與蜥蜴人持續交火的槍聲。

就這樣在尤娜率人掩護下，鄭海濤隨著大部隊順利地撤到了延展出基地的陽臺上。一抵達那裡，人們便爭先衝向飛行器，仿佛去晚了就走不了了一樣。每架飛行器一坐滿四人就立刻起飛，降落進黑暗的深淵裡，看著眼前搶成一團的人群，鄭海濤卻一點也不著急，他在等尤娜。漸漸地，槍聲開始朝這裡逼近，鄭海濤心一緊，連忙端槍瞄向前方準備掩護，他知道尤娜他們快要來了，果然沒過幾秒鐘尤娜和四五個人便出現在了鄭海濤的視線裡。在他們身後，一大批蜥蜴人跟著緊追不捨。

「快上飛行器！」鄭海濤大叫著，邊朝尤娜他們身後的蜥蜴人開火邊迎了上去。然而蜥蜴人的奔跑速度遠在人類之上，它們很快就追趕上來，一個蜥蜴人拎起跑在最後面的戰士，用粗壯的雙臂將其脖子一錯，那名戰士便無力地從它懷裡癱到了地上。見此情景，鄭海濤一把拉住尤娜，玩命地朝最後一架還有空位，正準備起飛的飛行器衝去。好在他們及時趕上了，這時那架飛行器已經處於升起狀態，尤娜幫著鄭海濤先爬了進去，待鄭海濤跪在艙裡伸手要拉尤娜進來時，一隻蜥蜴人突然跳到了跟前，將一杆鋒利的兩尖叉插進了尤娜的後背。尤娜慘叫一聲，一股鮮血霎時從嘴角淌了出來。

這一切來得實在是太快了，以至於鄭海濤根本就無法做出反應，待他看到又一個至親的人慘死在自己面前時，他徹底陷入了癲狂狀態，嚎叫著抄起尤娜的手槍，朝著殺害尤娜的蜥蜴人腦袋打光了膛裡所有子彈，那個蜥蜴人應聲倒下卻又有更多蜥蜴人撲了上來，這會兒飛行器已駛離地面飛到深淵上空，鄭海濤哭著在身邊人幫助下，試圖將尤娜屍體拖進艙裡，沒想到一個蜥蜴人卻一躍而起，騰空抓住了尤娜雙腳，連著也被帶了起來。由於蜥蜴人體型龐大，一時間飛行器竟無法承受這般重力，懸在空中跟著來回擺動的蜥蜴人左搖右晃起來，飛行員見狀嚇得大叫道：「快把他們扔下去，不然整個機子都要被拽下來了！」

「不！……我不能扔下她！」一面對飛行員的一再要求，鄭海濤斷然拒絕道，但他最後還是被身邊人強行掰開了雙手，眼睜睜地看著尤娜的屍體連帶著蜥蜴人墜入了下方深淵之中。

「尤娜！……」望著跌入黑暗中的尤娜身影越變越小，鄭海濤撲到飛行艙的邊緣聲嘶竭力地大喊起來，他的回音在深淵上空久久回蕩著，而唯一能帶給他慰籍的人卻永久消失在這裡。

而在鄭海濤他們乘坐著飛行器逃離基地第二層的同一時刻，傑夫和魯比斯也率領著800人的隊伍在第六層登陸，順著長廊殺向外星人的磁懸浮快列月臺。當他們衝入長廊的時候，只看到一些手無寸鐵、長相有些類似海象的外星人正聚在那裡閒聊，它們對於人類的到來表現地似乎也很驚訝，但不等它們有下一步反應，傑夫便喝令部下祭起衝鋒槍將其全部處決掉了。往後的一路上，他們很少遇到正式抵抗，儘管隊伍沿途不時會與各式外星人擦肩而過，但它們全都沒有武器，很多身後都帶著一個可以自由移動的大型球狀物，裡面滿載人類從沒見過的物品，看樣子這些人更像是星際間的旅行者或商人。一個大腦袋細脖子、球一樣身體的小個子外星人本來正在行走，一看人類衝過來，它馬上將腦袋紮進身體裡瞬間變成一個肉球在地上彈來彈去，還有一個扁平腦門，鼻孔和眼睛持平，臉上長滿肉鬚，身材肥碩的外星人正用鞭子驅打著三個被鎖鏈串在一起，哭哭啼啼的人類女性趕路。見有入侵者從天而降，它立刻扔掉鞭子奪路而逃，卻被魯比斯一槍撂倒。傑夫上前替被鎖在一起的女人們鬆綁後，她們馬上尖叫著向後逃去，整個現場亂成了一鍋粥。

到後來，為了用最快速度趕到磁懸浮快列月臺，大部隊乾脆便對這些零散外星人視而不見了。當他們快要抵達長廊盡頭時，沿途兩側的牆面上開始出現了用英文和不同種類外星文標注的提示路牌，前方也隱隱傳來了磁懸浮高速列車開動後的轟鳴聲，這證明月臺目前還在運轉著，傑夫見狀拉過魯比斯說道。

「等一會兒衝進去我們分頭行事，我帶200人到列車隧道安置TNT炸藥，你和其他人在月臺掩護我們，殺光那裡所有的外星異型。」

「沒問題，弟兄們，和我衝進去！」魯比斯聽了像打了雞血似得興奮地大叫一聲，高舉大砍刀率先衝入月臺。在他的帶領下，屠龍會戰士們也跟著蜂擁而上，可當他們一邁進月臺平臺，便立刻被眼前的情形震懾住了，只見眾多不同種類外型的外星人，手持各式武器密密麻麻佔據了半個平臺，似乎已經恭候人類軍隊多時了。帶領這批外星聯軍的是兩個身材健碩的灰人，在它們身邊站著的外星人有的5英尺高、全身呈藍色、腦殼劈成兩半，有一副尖錐下巴，面部堆滿皺紋，長相與猩猩極為相似，有的身材不高，脖子卻像長頸鹿一樣探出老長，臉部看上去就像是螃蟹的腹腔。讓傑夫記憶猶新的是在這波形象各異的外星人身後，還像小山一樣矗立著幾隻身上栓滿鎖鏈的巨型怪物，它們看上去比這些外星聯軍還要高出好幾顆頭，一副圓敦敦的身軀，胖得看不到脖子，腦袋像個肉球一樣直接嵌在肩膀上，面部只有一個大鼻孔高高向上凸起，下方長著一對陷入凹槽的綠豆小眼，從裡面透露出邪惡的凶光，在它們每個的下方都有兩名外星人手持電矛相隨，似乎這些怪獸很不好控制。

在這種情形下，人類部隊與外星聯軍僵持了十幾秒後不知是誰突然大吼一聲，霎時打破了短暫的對峙，雙方都高聲尖叫著向對方衝去。在他們頭頂，一道道鐳射呼嘯著與人類武器迸射出的火光交織在一起，兩撥人先是互相對射，但隨著後面人不斷地推動隊伍向前湧動，他們終於匯到了一起，開始短兵相接的肉搏戰。到了這個時候，再先進的武器都不起作用了，靠的完全是體能的較量。很多外星人體型普遍都在2米左右，有的還要更高一些，廝殺中往往是人類士兵還沒靠近便被它們扭斷了脖子，也有帶翅膀的外星人直接飛起，將人類拽到空中再拋下去摔死，那幾個被外星人驅動的怪獸更是嚎叫著衝在前面蹚路，雙手各拎一人，像啃蘿蔔一樣左一口右一口肆無忌憚地大嚼起來，一時間人類死傷枕藉。前面的一波倒下去，後面的仍憑藉人海戰術前赴後繼往前衝。魯比斯也殺紅了眼，他揮動著大砍刀一路連斬六七個外星人，卻與一巨型怪物碰在了一起，那怪物鼻孔不停地向外噴氣，貓著腰揮動雙臂，一次次試圖抓住魯比斯，但都被他靈活地躲開了。在這過程中，魯比斯看準時機一刀掄向怪物的腳踝，這一刀又准又狠，以至於對方被砍中後竟無法站穩，左搖右晃了一會兒才重重地一頭栽在地上，將驅趕它的外星人也一起壓成了肉餅。

趁著魯比斯帶隊與外星聯軍苦戰之際，傑夫曾試圖率一隊攜帶炸藥的屠龍會敢死隊前往月臺下面的列車隧道，但是外星聯軍對此似乎早有防備，只要敢死隊一衝下月臺，便立刻有一波外星人尾隨而下，直到把軌道上的敢死隊員全部殺光為止，就這樣傑夫帶隊連著衝了三次，最後都被打了回來。

這場肉搏戰大約持續了二十多分鐘，整個過程中人類都是靠不斷往裡填人來和外星人抗衡，畢竟傑夫他們在數量上要佔優勢，800人對500外星聯軍，到後期外星人逐漸漸顯不支了，只有不足一百名外星聯軍還在繼續抵抗著，但它們卻絲毫沒有撤退的意向，只要沒有被殺死就會一直戰鬥下去，而倖存的人類也並不比它們好多少，當最後一個外星人被放倒後，能夠站著喘氣的人類已不足150人了，雙方混在一起的屍體鋪滿了整個月臺，壘得足有兩層多高，魯比斯和傑夫大口大口地喘著粗氣望著對方，經過剛才的激戰他們都已精疲力竭，特別是魯比斯撐著一雙血紅的眼睛，累得腰都直不起來了，儘管這樣他還是高舉大砍刀帶領眾人為勝利歡呼了起來。

雖然贏得了勝利，但傑夫卻顧不上休息，他仔細環視了一下四周，發現這裡就像是地鐵月臺一樣，根據兩側牆面上電子屏偶爾顯示的英文提示，下面的軌道分別通往相反方向，至於下一站開往哪裡誰也不得而知，每當有磁懸浮快列要從隧道中駛出時，牆上的紅燈都會亮起。為了趕在下一班快列抵達前炸毀這裡，傑夫指揮著十餘人將成噸的TNT炸藥運進了月臺右側的隧道內，就在他們把炸藥往一起堆的時候牆上的紅燈突然亮了起來，傑夫正好看到了這一幕，他大叫一聲不好，扔下炸藥轉身向外跑去，其他人卻都還傻呆呆地站在那裡，就這一會兒的功夫，黑暗裡升起了一圈白色光暈，下一秒鐘一列磁懸浮快車便呼嘯著從隧道裡衝了出來，穩穩地停靠在月臺右側，那些來不及從隧道裡逃走的人全部都被捲到了它的下面。見此情景魯比斯心中暗自叫苦，只得硬撐起腰板再次做好了應戰準備，此刻月臺上所有人也都把目光投向了這節專列，隨著「叮——」的一聲提示音，快列上所有車門瞬間全部打開了，還沒等眾人回過神來，一波波不同種類的外星聯軍又大叫著，爭先恐後從車廂裡殺了出來，魯比斯見狀朝部下們大吼一聲「為了我們的榮耀！」便揮舞著大砍刀再次衝進了敵群，在他的帶領下，殘餘的一百多名屠龍會眾又一次與外星人交織肉搏在了一起，但這一次卻沒人能夠倖存下來，魯比斯也在砍死一頭蜥蜴人後，被一頭長著一對分杈肉角、窄面鷹鉤嘴的外星人從後面一把抱住，扭斷了脖子。

剛剛從隧道逃出來的傑夫躲藏在月臺下目睹了這一切，大氣也不敢出一聲，此刻的他只想著一件事就是如何逃離這裡，這時他突然在腰間摸到了一根用作訊號彈的煙花棒，在一看不遠處被卡在山洞岩壁與列車間的散落炸藥頓時有了主意。他將煙花棒上的引線拉長，點著後拋到了炸藥箱旁邊，跟著一個箭步躥上月臺朝進來時的入口狂奔而去，有幾個外星人正想上前攔截，這時月臺下方卻突然響起了一聲巨響，一股火焰雲挾帶著巨大衝力騰空而起，強烈的衝擊波霎時便將靠近月臺邊緣的外星人全部震飛了，趁著那些外星人一愣神的功夫，傑夫三兩下跑上樓梯，轉身鑽進了長廊裡，在他身後接二連三響起了爆炸聲。

就這樣一直跑出幾百米，回頭見外星聯軍沒有追過來他才著實鬆了一口氣，扶著過道廊柱連喘帶咳地緩了好一會兒，才用聯絡器接通了鄭海濤的對講機頻率。

「鄭，是你嗎？我現在從第六層月臺出來了，任務失敗，所有人都戰死了，你們在哪裡？Over。」

不一會兒功夫，聯絡器那端就傳來了鄭海濤的回覆：「我們也死傷慘重，我弟弟和尤娜都沒了，人質也被蜥蜴人轉移走了，之前接到雷德蒙的救助，他們在第七層快要全軍覆沒了，我們正乘飛行器在前往第七層馳援的半路上。Over。」

「好吧，那我也過去和你們匯合。Over。」

正說著，傑夫腳下地面突然劇烈顫抖起來，長廊頂部也被震下來許多碎石，他知道這是剛才爆炸產生的連鎖反應，連忙撒腿就跑。

而在話筒那頭的鄭海濤仍在喂喂地叫著，答覆他的卻是一陣陣沙沙的噪音，見此情形鄭海濤只得撂下了話筒。此刻他已隨增援部隊抵達了第七層陽臺，不知為何那裡擠滿了人，除了全副武裝的士兵外更多的都是女人，她們很多身上只披著一些簡單的衣服，有的甚至用麻布片裹身，現場亂哄哄毫無秩序可言。在他們正前方空中，納粹飛碟正懸浮在那裡，由於陽臺地方不夠，飛碟無法登陸，只能靠幾十架飛行器在陽臺和飛碟之間來回搬運，將被解救的女人們逐一送進飛船艙裡，當人數達到承載量後納粹飛碟便騰空而起，上升到安丘利塔山口卸下所有人再返回接下一波，就這樣周而復始，由此讓鄭海濤聯想到了敦克爾克潰退。在擁擠的人群中，他一眼就認出了悟空，由於個頭小，它不得不一邊往前擠一邊拼命地往上蹦，努力不被人群吞沒。鄭海濤見狀，急忙擠上前拉住它胳膊問道。

「悟空，怎麼就你一個在這兒？雷德蒙和林春生呢？」

「他們不聽我的，釋放出了恐怖的地獄終結者。」見是鄭海濤，悟空抬起頭委屈地說道：「我已經盡力地勸阻了，可又不想陪著一起死，所以我就先回來了。」

「該死！」聽了悟空的話，鄭海濤急地直跺腳：「那你能告訴我灰人的基因實驗室怎麼走嗎？」無奈之下他只能再次向悟空求助，當獲悉了具體位置後，他將弟弟的屍體託付給了悟空。「我馬上要和他們一起去支援雷德蒙了，海瑞之前待你不薄，現在我希望你能把他的屍體一起帶出去，我們不能讓他一人孤零零地待在道西基地裡。」

「好的，就交給我吧。」悟空說著，用一塊白帕巾輕輕地蓋在了鄭海瑞的臉上，儘管這樣鄭海濤還是有些不放心，他又叫來一個士兵請他幫忙馱著屍體，這才依依不捨地隨著增援部隊跑入了前方的通道。

但是當悟空與那名士兵擠了半天，好不容易才搭乘飛行器來到納粹飛碟艙口時，卻被在那裡負責維持秩序的一少尉攔住了。「這是什麼？」他指著臉上搭著白巾、伏在士兵背上的屍體問道。

「這是一位為了人類未來能夠永享和平，而在這裡獻出自己生命的偉人。為了永久懷念他，我們要將他屍體帶出去。」悟空說。

誰知那少尉聽了卻冷笑一聲道：「在這裡目前已有不下兩千名和他一樣的偉人，為了人類能夠永享和平獻出生命了，他們都把自己留在了這裡，你那個朋友他也不能例外，這架飛船目前只能運活人，即便這樣趕在任務結束時還會有很多人登不上來，這裡面每一坪對大家都很重要。至於你的死鬼朋友，我會給他安排一個更好的去處。」

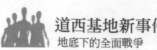

說著少尉不等悟空他們反應過來，一把搶過鄭海瑞的屍體，將他拋下了黑暗的深淵。

「不……！」悟空見狀忙撲上去想要爭奪，但已經來不及了，它只好眼睜睜看著鄭海瑞屍體最終被吞噬進了黑暗中。「你這混蛋！」悟空抬起頭面向少尉，朝他齜牙咧嘴地叫道，沒想到卻反而遭到了對方的恐嚇。

「臭猴子閉嘴！否則我也把你丟下去！」

「你敢！我就不信了……」悟空昂起胸表現出一副無所畏懼的樣子，幾秒鐘後它便大叫著從空中重重地摔回到陽臺上。還沒等趴在地上的悟空緩過神來，聚在陽臺上的人群身後便爆發出了一陣驚恐的尖叫聲，一小波灰人不知從哪裡突然鑽出，它們手持鐳射武器逢人便殺，逼得那些等待上船的人們四下逃散，那些負責維持秩序的士兵也急忙舉槍反擊，一時間現場槍林彈雨亂成一片，最終不少人都死在了自己人槍下，在這種情形下悟空也不指望納粹飛碟救命了，它爬起來利用自己目標小的優勢向著後方一路狂奔，躲進了一條隧道，就在這個時候它隱約聽到身後不遠拐角處的位置傳來一陣轟鳴聲，它躡手躡腳地繞過拐角，看到前方一名道西類人坐在時光機器裡，正通過儀器用鐳射在空中擴大著蟲洞。此時機器已經預熱的差不多了，貫通電流的蟲洞也已形成。對於這個機會悟空哪裡肯放過，它歡呼著「帶我一起走！」三兩下便鑽進時光機器和道西類人擠作一團，那道西類人被這突發狀況嚇呆了，他連忙用英語大叫道。

「不可以！你快下去，這架機器最多只能承載一個人，不然就超負荷了！」

「沒關係，我不是人！」悟空也叫著，同時用雙手死死抓住了機器操縱杆，隨著一聲雷鳴般的巨響，它便和道西類人一起慘叫著，隨時光機器被吸進了蟲洞裡，而蟲洞吞噬了時光機器，也在釋放出數股電流後從空中消失地無影無蹤，周圍的一切又趨於平靜，彷彿剛才的事情從未發生過。

此時的鄭海濤並不知道弟弟屍身的遭遇，他已隨增援部隊趕到了雷德蒙所轄部隊遭遇外星人襲擊的隧道中。此時戰鬥早已結束，屠殺人類士兵的外星人也都不知所蹤，只留下遍地人類破碎的屍骸，鄭海濤他們端著槍小心翼翼地蹚開擋在腳下的殘肢斷臂，在屍堆中深一腳淺一腳地艱難前行。就在這時鄭海濤的左腳突然被人一把抓住，嚇得他剛要呼喊，腳下卻傳出一個熟悉的聲音：「不要喊！是我，是我呀！」

「春生？」鄭海濤低頭一看才鬆了口氣，他抬腳狠狠地踹了林春生一下罵道：「你這蠢豬，躲哪兒不好非躲這裡，你想嚇死人呀！」

「我是在裝死呀。」林春生壓低聲音說道：「你不知道剛才有多恐怖，前頭出來個大塊頭把人撕著玩，後面一大波外星人追著我們殺，我是靠著聰明才智跟臨危不亂才活下來的。」

但眼下鄭海濤卻沒有心思去聽林春生廢話，他馬上橫插一句問道：「那雷德蒙呢？」

「大哥……我已經裝死很久了，我覺得你應該自己去裡面找一下。」

聽了林春生的話，鄭海濤一想也是，但他要把林春生拉起來時卻遭到了對方拒絕：「裡面情況未定，我還是再在這裡貓一會兒吧，哥們你先進去探探路，要是安全了再過來找我，拜託啊。」一說完就又把腦袋鑽到其他屍體下扮起了死人。

看林春生這副賴樣，鄭海濤也懶得搭理他了，隨著增援部隊趕到了前方的實驗室。剛一進被炸開的洞口，鄭海濤就一眼望見了正靠坐在角落裡的雷德蒙，他正不斷地劇烈嗆咳著，每一次震咳，鮮血也順著嘴角往外滲，看樣子像是受了嚴重的內傷。鄭海濤急忙迎上去，一面把雷德蒙扶正一面問道：「怎麼搞成了這個樣子？你們找到病毒實驗室了嗎？」

「我的孩子……」雷德蒙在寫滿痛苦的臉上勉強擠出一絲苦笑說道：「我快要不行了，看來後頭的路需要你來替我完成了，你們帶上炸藥繼續往前走，小心前面的一隻3米多高半人半蝙蝠的怪物，它應該也沒走遠，無論如何你們……你們一定要找出那個產生病毒的地方，徹底將它摧毀，不能讓一點病毒流到外界。」說到這兒又一口鮮血從他嘴裡淤了出來，鄭海濤見狀忙回頭朝身後人大吼道：「你們還愣在這兒幹嘛呀！救護箱在誰那裡？快點拿過來……」

「先不要……管我……」雷德蒙費力地拽了拽鄭海濤袖子，顫巍巍地抬起手臂，指著不遠處散落的方塊狀 TNT 炸藥說道：「帶上它們……繼續前進……」

就在這時雷德蒙腰間的通訊聯絡器響了，鄭海濤替他接通後傳出了里爾的聲音。

「雷德蒙，不管你們那頭搞得怎麼樣了，我都必須要告訴你，十分鐘前一大波異型衝出來，攻陷了我們停泊的陽臺，把等在那裡所有的人都殺光了，不過幸好搶在這之前我們運出了一千多女性，事後我會把她們帶到51區讓軍方幫助核實她們的身份，現在我要把飛碟開到第六層了，局勢對我們越來越不利，所以我只會在那裡等待一個小時，我也會通知其他各隊，你們抓緊時間吧，一個小時之內到第六層陽臺和我匯合，祝你們好運。」

聽到這裡鄭海濤知道留給自己的時間不多了，他叫來兩名士兵讓他們把雷德蒙攙回去，自己則對著眼前這波群龍無首的士兵們大聲喊道：「大家立刻集合，任務還沒結束，雷德蒙剛剛已把指揮權委託給我了，現在我要你們收攏好炸藥跟著我繼續前進，直到找出灰人的病毒實驗室，我們只有一個小時的時間來安放炸藥，不要磨蹭了，立刻行動！」

他的這番話很快就產生了效果，所有人都把目光投向了鄭海濤，儘管他們不知道他說的是真是假，但至少有人給出了下一步指示。於是在鄭海濤帶領下，百餘名由屠龍會和特種兵組成的隊伍，邁過腳下的碎石瓦礫朝著實驗室內部繼續縱深前進。

一路上越往裡走鄭海濤精神越崩潰，這兒就像是一個令人作嘔的巨大動物園，一排排林立的玻璃晶體柱實器皿中關滿了被基因改造後的人獸合體，鼠人、狗人、蟾蜍人這些在神話故事裡才被提及的物種全部出現在了這裡，其中還有很多被創造出的新物種。在鄭海濤走過的一個晶體柱內，一隻渾身覆蓋白毛的三葉蟲狀四爪怪物，貼在玻璃壁上不斷發出各種怪音，似乎想要吸引他的注意力。這時鄭海濤隨身攜帶的聯絡器響了，是他委派護送雷德蒙的士兵打過來的，當他聽完話筒中對方闡述後忍不住叫了起來：「你說什麼？雷德蒙死了？」

「你說什麼？雷德蒙死了？」與此同時一個聲腔音調與他一模一樣的聲音在鄭海濤身後響起，猶如他的回聲。鄭海濤嚇了一跳，回頭看去原來是剛才那個小怪物在搞鬼，便繼續向前走去。見鄭海濤沒有理會，那白毛怪竟又發出了嬰兒般的啼哭聲，哭聲迴蕩在陰冷暗潮的實驗室上空，顯得尤為瘆人。

此刻的鄭海濤心煩意亂，短短幾個小時裡壞消息連連，和他一起進入道西基地的夥伴幾乎都戰死了，現在竟連本次行動的總指揮雷德蒙也沒能挺過來，或許自己也離死亡不遠了。正當他愁眉不展胡思亂想的時候，耳邊卻響起了一個似曾相識，還是用中文發出的聲音：「鄭先生，你怎麼來了？我是趙小萍呀！」

一聽趙小萍三字，鄭海濤心猛地一抽，趕緊順著聲音轉頭看去，只見在左側的一水晶杜實驗器皿裡，一個人首蛇身的披髮女人正隔著玻璃向他招手。他趕緊跑上前一看，發現那上身人形下身蛇尾的女人正是和女友胡潔一起失蹤的同事趙小萍，於是他忍不住叫了起來。

「趙小萍，你怎麼被送到這裡了？胡潔呢，她是不是也和你在一起？」說話間鄭海濤開始左顧右盼，試圖從周圍找到胡潔的身影，趙小萍搖了搖頭，扭動著S型狀身體幽幽地說道。

「胡姐不在這裡，她的命比我好，不用被送到這裡來改造成怪物，我們在牢籠中時她就被一隻長得奇形怪狀的怪物給挑走了，後來聽在這裡關得久的人說，胡姐應該是被當做奴隸，賣給了從其它星系來這裡貿易的外星商人，它們喜歡買人類女性作為奴隸，隔一段時間就會來這裡一次，她有可能已被買她的外星人帶到別的星球上了。不過即便是這樣，也比我現在這副模樣好呀！」說到這兒，趙小萍忍不住嚶嚶地哭了起來。

鄭海濤見狀連忙安慰道：「趙小姐你別怕，我馬上讓他們救你出來，我們帶你一起離開這兒，這地方馬上要被炸掉了。」

誰知趙小萍卻早已將生死看淡，她輕嘆一口氣道：「你不用管我了，鄭先生，你離開這裡後還是想法去救胡姐吧，她現在很需要你，至於我就算出去了也是一隻怪物，我在這個社會再也無法正常生活了，就讓我隨這裡一起消失吧，我就當一切都是一場噩夢。」

儘管趙小萍已表明心志，鄭海濤卻還不死心，掄起槍托朝著防護壁拼命砸起來，後續趕到的士兵看到這一幕，慌忙跑上前將鄭海濤攔腰抱住勸阻道。

「先生，你必須冷靜下來，我覺得讓她待在這裡比救她出去要好。我們快點走吧，留給我們的時間不多了！」

在士兵們的簇擁下，鄭海濤回頭最後望了一眼關在實驗器皿中的趙小萍，才依依不捨地和部隊再次踏上了征途。先前從趙小萍那裡得來的訊息令他內心狂顫不止。「原來小潔還活著！」對於鄭海濤而言，這無疑像是在黑暗的深淵中見到一隻螢火蟲，雖然有些縹緲但卻重新燃起了他的希望，本來在心灰意冷之際這段感情已被他塵封起來，但從這時開始胡潔昔日甜美的笑容又清晰地浮現上了他的心頭，他不自覺地幻想此刻胡潔正微笑著向自己款款走來，嘴角忍不住蕩出了一絲笑意。鄭海濤臉上亢奮的表情終於也引起了身邊士兵的注意，一名士兵湊到鄭海濤面前，伸出巴掌在他眼前上下晃動幾下提醒道。

「先生，前頭快沒路了，我覺得如果我們要徹底炸毀這裡的話，這一片區域都要沿途設置爆破點，然後找出儲藏病毒的實驗室從那裡開始引爆。」

「嗯，我也是怎麼想的，那大家就開始幹吧！」經士兵一提醒，鄭海濤連忙拉回了思緒，他讓士兵們在四周每間隔100米的地方就埋藏一箱炸藥，自己則帶著幾個人背上炸藥繼續往前走，當他們來到前方一處Y字路口時，看到五個小綠人正站在那裡，鄭海濤身邊的士兵們見狀連忙舉槍對準了它們，但面對槍口那幾個小綠人不躲閃也沒顯露出攻擊傾向，其中一個小綠人還伸直胳膊朝著他們走了過來。見此情形鄭海濤示意大夥先把槍放下，為了探究對方有何目的，自己壯著膽子迎了上去。當雙方走到快要四目相對的距離時，那小綠人突然一把攥住了他的胳膊，鄭海濤一驚，出於本能反應拼命把手往回抽，就在這個時候他的內心深處忽然響起了一個聲音。

「你不要怕，我正在通過心靈感應與你交流，你只要盯住我的眼睛，我們就可以無暢溝通。我們可以幫助你，不管你有什麼目的。」

「灰人用來儲藏消滅人類病毒的實驗室在哪裡？」鄭海濤盯著它的眼睛，心中默念著。

「你們右側路口往裡走的那個房間就是，你們想不想趁機消滅拉蒂斯人的酋長？它就在你們左邊通道的房間裡，現在它正在繁殖期，趁著其他拉蒂斯人都出去迎戰，你們可以衝進去輕而易舉地殺死它。」

「這不在我們的計畫範圍內。」鄭海濤盯著小綠人的眼睛，將這一訊息傳導給它。「等我們找到那個地方會徹底摧毀這裡，到時候你們的問題也都解決了。」

就在這個時候，他們身後突然傳來了一陣鄭海濤聽著尤為耳熟的鬼哭狼嚎聲，他的第一反應就是林春生來了，那些小綠人聞訊則掉頭就跑，鄭海濤沒有理它們，果不其然沒一會兒功夫林春生就氣喘吁吁地向這邊跑了過來。

「春生，你不是在裝死嗎？」看林春生喘地上氣不接下氣那副狼狽模樣，鄭海濤打趣地調侃道。

「後面來了個更狠的大塊頭，連屍體都不放過，它馬上就要過來了！趕緊跑啊……」說完這話，林春生慌不擇路地一頭紮進了Y字路口的左邊通道裡。

「喂，春生，等等！」鄭海濤大叫一聲伸手想拉他卻沒攔住，正當他準備追趕林春生之際，傑夫也急惶惶地衝了過來，他驗證了林春生的說法。

「大家快走！有個三米多高半人半蝠怪物馬上就要追上來了。」

聽傑夫這麼一說，鄭海濤果然隱隱聽到後方隧道裡傳出了陣陣吼聲，漸漸地眾人腳下地面也跟著顫動起來，鄭海濤環視四周發現除了身後的兩條通往房間的岔路，他們已經無路可走了。就在他一籌莫展時，連接這裡的通道出口突然落下來許多碎石，跟著那腦袋上方豎著一雙尖銳長耳的蝙蝠巨人咆哮著從洞口貓著腰鑽了出來。「快跑！」見此情景鄭海濤嚇得大叫一聲，沿著林春生的蹤跡逃進了通道裡，在他帶領下其他人也陸續跟了進去。當鄭海濤一行跑入通道盡頭的房間後，卻發現林春生像被定身了一樣，背對他們傻愣愣地站在那裡仰著脖子，不知在看什麼。鄭海濤順著他目光往前看去，不禁也倒吸了一口冷氣。一處懸在半空的圓形平臺上，一隻全身煞白的巨型灰人用雙手撐地匍匐在那裡，它的個頭是一般灰人的三倍，外貌卻與鄭海濤以往見過的灰人無異，在距此不遠處的地面有一個盛滿鮮血的池子，遠遠地就讓人聞到一股惡臭，池中漂浮著碎肉和骨頭渣滓，每隔兩分鐘就有人類尖叫著被一支機械長臂從房間頂部吊下來送進血池上方的擠壓設備。隨著機器開動，受害者瞬間化為碎肉鮮血一股腦傾入池中，在那灰人腮部安著一根管子，它的另一頭一直延伸進血池，鮮血就這樣順著管子逆流而上，源源不斷被送入它體內，而它的下半身則連接在臃腫的巨大白囊上面，那白囊不停地膨脹蠕動著，沒一會兒功夫就從尾端吐出一個包著白繭的橢圓形蛹來，每個蛹有孩童般大小，在它身邊屹立著無數這樣的白蛹，其中的一些蛹已炸開，有的破槽處還耷拉出小灰人上半身的屍體，看情形是在破殼向外掙扎的過程中死掉的。有的蛹身正在裂開，裡頭灰白色的小灰人努力地用腦袋向外頂，在這過程中巨型灰人不但袖手旁觀，還俯身去吃掉那些爬一半死在蛹裡的幼崽。就這一會兒工夫，巨型灰人也發現了以鄭海濤為首的闖入者們，它將頭探過來像動物一樣朝他們「嘶嘶」地哈著氣。望著這一幕，林春生一邊後退一邊喃喃地說道：「我現在終於知道，原來外星人是像螞蟻這樣繁殖的……」

「知道這個有意義嗎？」鄭海濤狠狠地瞪了他一眼。就在這個時候巨型灰人一掄右臂，頃刻掃到了包括傑夫在內的三名士兵，還沒等被打倒的人緩過神來，它便用巨爪拎起一人直接塞入了血盆大口，很快受害者撕心裂肺的慘叫便被咯咯作響的咀嚼聲所代替。見自己同伴就這樣被吃掉，其他人紛紛抄起武器圍著巨型灰人掃射起來，在來自人類的猛烈火力打擊下，巨型灰人拔掉管子扭動起身軀左躲右閃，但下半身的巨囊還是被打破了，一股股黃湯順著破潰的地方爭先往外淌，在這種情形下巨型灰人被徹底激怒了，它拼命地掙扎著，終於將整個身體從白囊裡抽了出來。就在一場殺戮眼看在所難免之際，從門外傳來了蝠人的吼叫聲，眾人慌忙四散逃入房間角落，那灰人也注意到了門外的動靜，它放棄了追逐鄭海濤等人，朝門口走了過去，還沒等它到跟前一探究竟，巨型蝠人便咆哮著迎面衝上來一把將其放倒，雙方抱在一起廝打著在地上滾作一團。鄭海濤看準時機向傑夫林春生等人使了個眼色，眾人便趁此機會紛紛從它們身邊溜了出來。等他們跑回Y字路口，鄭海濤突然想起了小綠人告訴他的病毒實驗室位置，於是他叫其他人先走，自己則攜一箱炸藥帶上傑夫，林春生進入了右側的通道。

在半道上他們又碰上了那群小綠人，那個先前與鄭海濤有過心靈感應的小綠人再次上前挽住了他的胳膊，其他的小綠人則上前分別拉住了傑夫和林春生，在小綠人的指引下，鄭海濤他們進入了通道左側的一個小屋，那裡四面都是特製的冷凍櫃，每一個櫃子裡都擺滿了琳琅滿目的試管試劑，中間地面一口凹槽上面白煙環繞。小綠人拉著鄭海濤走上前，一個聲音在心中告訴他這裡藏的就是可以用來滅亡人類的終極病毒。他遲疑了一下還是蹲下去用手搧開了聚在上方的白煙，果然隱約看到裡面精密的環形儀器中，環繞著一排呈滿紫色液體的試管。傑夫和林春生這時也圍了上來，傑夫還忍不住把手探了進去，鄭海濤見了急忙制止道。

「傑夫，在沒有任何防護措施情況下不要這麼做，很危險！」

經鄭海濤一提醒，傑夫無奈地聳了聳肩，拍拍手站起來晃到別處去了。

「是這個嗎？」林春生指著凹槽問道，鄭海濤回身看了小綠人一眼，對方望著他點了點頭。

「好吧，應該就是這裡了。傑夫，我們先把炸藥安置好，春生你也來幫忙吧。」

「好啊。」傑夫說著走了過來，「不過我把雷管落在門外了，請你去幫我拿過來。」

聽他這麼一說鄭海濤也沒多想，轉身跑了出去，但在門口轉了一圈也沒有發現傑夫所說的雷管。等他返回時傑夫已經一個人蹲在地上把TNT炸藥安置好了，林春生則站在旁邊一副欲言又止的樣子。還沒等鄭海濤開口，傑夫便略帶歉意地主動說道：「不好意思我記錯了，之前太緊張了，其實雷管一直都在我身上我只是忘了，不過現在我已經把一切都搞好了。」

「那就撤吧！」鄭海濤看了看錶說：「納粹飛碟停泊地點已經改在第六層陽臺了，里爾說只等我們一個小時，現在只剩25分鐘了，我們必須趕在這之前抵達那裡。所有人都走，包括它們。」說著鄭海濤用手指一掃那五個小綠人。

「怎麼？你不會又要把它們帶出道西基地吧？」傑夫不滿地質問道。

「至少也要把它們帶離這塊快要被炸平的地方吧？」

就這樣三人帶著小綠人們以百米衝刺的速度向回程方向狂奔過去，一路上怕小綠人跟不上，鄭海濤就直接抱起了一個，林春生和傑夫也學他的樣子將剩下的小綠人攬在身上，在奔跑過程中通過肢體接觸，鄭海濤又一次收到了小綠人傳來的訊息。

「第七層陽臺已被星際聯軍攻陷了，而且你們回那裡的時間也不夠了，我帶你們坐電梯到第六層，我們有磁卡。」

鄭海濤聽了正要將此事告訴傑夫和林春生，沒想到他們也早從小綠人那裡獲得了這一消息。

沿途中路面上到處都是人類和外星人的屍體，遠處偶爾還能聽到一兩聲零星槍響，雖然之前跟隨鄭海濤進來增援的部隊都已不見蹤影，但在此之前他們已在每一個爆破點上都安置了炸藥，鄭海濤見狀不由給傑夫使了個眼色，傑夫心領神會地點點頭。

「你們先走，我帶一個小傢伙留在這裡爆破，就算遠端遙控也是有距離範圍的，我們在電梯口匯合！事後它會帶我過去。」

就這樣在懷中小綠人指引下，鄭海濤和林春生很快到達了第七層電梯門口，就在鄭海濤用小綠人磁卡召喚電梯的時候，後方忽然傳出了一陣轟鳴般的巨響，帶動著整個地面跟著狂顫不止。隨著接二連三的爆炸聲，林春生嚇得語無倫次地尖叫起來。

「快……快點讓電梯上來，已經爆炸了……」

「你控制一下自己，冷靜！」鄭海濤朝他大吼道：「這是逐點爆破，要炸到這裡來還早著呢，等傑夫來了我們一起走！」

正說著傑夫已經抱著小綠人氣喘吁吁地從後方拐角處衝了過來。「電梯怎麼還沒來！」伴隨著遠方一聲接一聲的爆炸巨響，他朝鄭海濤他們叫道：「根據我的估計，這種連環爆炸產生的效應五分鐘後將會把這裡徹底炸塌，如果我們到時候還不能離開的話……」

好在他的最壞設想並沒有發生，所有人都安全坐上了電梯，但是在他們前往第六層的中途，爆炸產生的蘑菇雲挾帶強烈氣流，呼嘯著從電梯底部躥升上來，瞬間將電梯廂托了起來。在強烈的衝擊下，電梯裡的照明設備全部失靈，所有人都摔在了地上，好在躥上來的蘑菇雲威力並不足以吞噬掉整個包廂。最終電梯廂還是和它拉開了距離，載著鄭海濤等人搖搖晃晃地繼續向上攀升。當電梯廂停到第六層介面打開雙層門之際，鄭海濤還以為自己是在做夢。

此刻受到下層爆炸帶來的巨大衝擊，第六層地面也在微微晃動，傑夫最先從電梯裡爬了出來，他站起來回頭朝還賴在地上的鄭海濤他們喊道。

「都起來，你們還沒有死！我們快要趕不上最後一班車了！」

「在這裡我都快要被搞出心臟病了！」林春生嘟囔著一邊抖落掉自己頭上的塵土，一邊將鄭海濤也拉了起來，二人就這樣跟在傑夫身後跌跌撞撞地朝會和地點跑去。

當他們經過一處延伸到磁懸浮快列月臺的臺階時，林春生忽然「哎呀」一聲撲倒在地上，猶如碰瓷一般大聲呼喊著鄭海濤的名字，無奈之下鄭海濤只得折到林春生身邊，一邊扶他起來一邊抱怨。沒想到看鄭海濤過來林春生反而不叫了，他一把將鄭海濤拉到嘴邊，神秘兮兮地對他說道。

「我剛才是裝的，先前傑夫在一直不方便說話，你還記得在實驗室那會兒嗎？他把你支走後我親眼看到他從那個冒白煙的凹槽裡順出一個試管藏了起來，他還私下威脅我不讓告訴任何人，但這件事實在太嚴重了，我也不清楚他是怎麼想的，趁著我們還沒出去你最好和他談談。」

乍一聽這番話，鄭海濤還以為林春生在開玩笑，但看他難得一臉嚴肅的樣子，鄭海濤也有些說不准了，考慮了片刻後他還是叫住了傑夫。

「傑夫，我想我們應該停一下，為了確保我們沒有在不經意間，從那個實驗室裡帶出任何東西，我覺得我們應該在出去之前相互搜一下身。」

「有這個必要嗎？」傑夫瞪了他一眼，不耐煩地回敬道：「你也不看看現在是什麼時候，為什麼你們中國人總是那麼多疑？你們這毛病已經在世界上出名了！」

看到傑夫明顯不願配合，情急之下鄭海濤直接端起衝鋒槍對準了他，傑夫在始料未及下慌忙舉起了雙手，鄭海濤懷著一臉歉意繼續往下說道：「對不起，傑夫，我也不願這樣用槍指著朋友，但為了確保病毒不會被人為夾帶出去，還希望你配合一下。」說完，鄭海濤朝林春生使了個眼色，林春生馬上衝過去熟練地從傑夫腳下皮靴內側翻出了一管呈滿紫色液晶體的試管，他將試管高高揚起，回頭得意地朝鄭海濤叫道：「就是這個……」

話音未落，傑夫忽然飛起一腳瞬間將他踢翻，林春生手中的病毒也滾落到了地上，傑夫憑藉自己高大的身軀，毫不費力地將林春生一把提起來擋在自己胸口，同時從腰間抽出手槍指著人質太陽穴對鄭海濤喊道。

「小子，把槍放下！否則死的第一個就是你這愚蠢的朋友。」

林春生也被突如其來的狀況嚇傻了，他怎麼也搞不懂為什麼前一秒自己還在搜別人，後一秒就淪為了對方的人質。但他很快就轉變了自己的角色，拖著哭腔朝持槍與傑夫對峙的鄭海濤喊道。

「兄弟呀，你就先按他說的做吧，一塊來的人都死了，現在你身邊就只剩下我這麼一個親人了，你可不能讓我也死了呀，咱倆可是親兄弟的交情……」

儘管傑夫保證放下槍就不會傷害人質，鄭海濤知道一旦放棄武器將會意味著什麼，但怎麼也架不住林春生那鬼哭狼嚎的噪音，很快他便被攪得方寸大亂，情急之下只得當著傑夫面扔掉了手中的槍。

「很好……」傑夫嘴角浮現出一絲滿意的微笑道：「鄭，我一直覺得你是個聰明人，可是你為什麼要毀掉能給你帶來財富的東西呢？我們豁著性命來這裡拼殺好不容易倖存下來，難道我們就不應該得到點補償嗎？」

「我不明白你在說什麼，傑夫先生，我只知道你正在做一件與我們目標背道而馳的事情。為了毀滅這些病毒，雷德蒙死了，尤娜死了，我親弟弟也死了，還有很多無名的士兵也為此犧牲，他們用自己的性命好不容易才換來這樣的結果，你卻故意要將病毒帶上地面，你的動機是什麼？」

「嗯，動機是什麼，這是一個好問題。」傑夫哈哈大笑起來，伸手一推將林春生搡到了鄭海濤身邊接著說道。

「二〇一二年世界末日雖然沒有來臨，但一種神秘的恐怖病毒卻在非洲剛果爆發，短短3

個小時就輕而易舉地殺死了80萬人！從那時起世界各國的陰謀家們便開始關注起此事，最後通過各方途徑查到這種被命名為HT—3n5的病毒來自道西基地，它的持有者灰人通過操控美國政府才最終得到了在非洲進行區域性實驗的機會，但是它們善後措施做得非常好，所有的屍體都被很快處理乾淨，以至於沒有人能夠獲得病毒樣本，但對它感興趣的人都知道，HT—3n5就儲藏在道西基地裡，我的父親曾參加過第一次道西戰爭，在他還沒去世的時候有中東神秘富商找到他，開出高價希望我們能利用一些關係幫他搞到這種病毒，比如和雷德蒙的關係。相信我，那個價格對任何人都非常有吸引力，雖然我父親沒有答應他但我想做這件事，所以我加入了雷德蒙的抵抗組織，還和中東那邊的買家建立起了牢靠的關係，本來就算按部就班我也會等到這一天，但你們的到來就像一劑催化劑，當你們告知雷德蒙灰人的最新動態後，讓他做出了提前攻打道西基地的決定，所以我不知道我是否應該謝謝你們。這樣吧，我們把槍都收起來，像沒事一樣就當剛才的事情沒有發生，等出去後我們一起去找買家交易，事後分給你們1千萬美元，折合成你們國家的貨幣一下又多出了好幾倍，就憑今天，這輩子都拿下來了，你們說好不好？」

「好……」聽了傑夫這番長篇大論，林春生大概是著了魔，竟跟著他思路稀裡糊塗地隨聲附和道。

鄭海濤則狠狠地瞪了林春生一眼：「好個屁！用這麼危險的病毒去賺錢，你就不怕一旦疫情爆發無法控制嗎？」

「你想得太多了。」傑夫冷笑一聲說：「這麼幹可不是我的獨創，如果你們把一九七九年第一次道西戰爭與愛滋病毒首次在美國出現的時間對比一下就會發現，這中間只間隔了兩年，也就是說有人在那次戰爭中將愛滋病毒從基地裡偷了出來，我雖然不能告你那個人是誰，但可以確定的是事後他一夜暴富，而且很風光，據說南美國家都有他的橡膠園。鄭，任何一件事情都是這樣，有受益者就會有受害者，我們所要做的就是在二者間抉擇而已。」

儘管傑夫還在努力地試圖說服眼前人，但鄭海濤卻像鐵了心一樣根本不為所動：「我不能允許你拿全人類的命運去換取你的私利，這種病毒不同於愛滋病，它一旦擴散可是短期就能夠滅亡全人類呀。對不起，傑夫，你的發財大計可能實現不了了。」說到這兒，他看準時機突然撲到前方地上，將那管病毒牢牢攥在了自己手裡。

見此情形傑夫拉開槍保險栓，惡狠狠地威脅鄭海濤道。

「這是我最後一次和你這中國佬用語言溝通，不加入的話我就只好送你倆去找雷德蒙了，趕緊把東西給我。總之現在就我們三個人，幹掉你們我一樣可以帶著HT—3n5出去。」

「你敢，不許你傷害我兄弟，我和你拼了！」趁此刻傑夫所有注意力都在鄭海濤身上，一旁林春生竟不知哪裡來的勇氣大吼一聲，縱身朝傑夫撲了過去。傑夫冷笑一聲都沒有用槍，只分出一隻手就輕而易舉地一拳落在了他的臉上，林春生兩眼一翻咕咚一聲倒在了地上。

鄭海濤本來想趁此機會去撿槍，但林春生落敗的實在太快了，以至於他剛想彎腰，傑夫又重新將槍口調轉過來，此時的傑夫已不對鄭海濤報什麼希望了，他一手舉槍一手攤開，伸向趴在地上的鄭海濤命令道：「把東西給我，這是你最後的機會！快點，我們都沒多少時間了。」

「做夢……」鄭海濤話剛說一半，身上就挨了傑夫一槍，這一槍又狠又准正好打在他左肩位置，鮮血頓時像小溪一樣從槍口處滲了出來，他只覺自己肩上像是被狠狠咬了一下，剛剛撐起的身體又軟綿綿地癱了下去，除了刺骨的疼痛，呼吸也漸漸變得急促起來。

傑夫面無表情地走到鄭海濤跟前，掰開他手心取走了那管HT—3n5病毒。看躺在地上的鄭海濤還在艱難地喘氣，他再次將槍口對準了鄭海濤腦袋。就在他即將扣動扳機之際，一個先前一直躲在不遠處觀看的小綠人忽然衝了上來，它一躍而起抱住傑夫的脖子，裂開平時只有一道縫的嘴，露出了裡面交錯在一起的兩排利齒，對著他的脖頸狠狠地咬了下去。

隨著一聲慘叫，傑夫扔掉手槍，雙手揪住附在他身上的小綠人拼命往下拽，這時又一個小綠人從角落裡跑了過來，一把拉過他的胳膊撕咬起來，跟著其他三個小綠人也一擁而上，在它們的圍攻下，傑夫終於伴隨著自己的哀嚎聲氣絕身亡了。

小綠人們圍到鄭海濤身邊爭先用手觸碰起了他的身體，它們的心靈呼喚讓意識已有些模糊的鄭海濤逐漸清醒過來。「你的傷勢不算太嚴重，短時間內不會有事的，不要就這樣放棄你的軀體，醒來，你還有很長的路要走……」在小綠人的心理暗示下，鄭海濤捂著受傷的肩膀搖晃晃站了起來，他來到林春生面前輕輕地推醒了他。

「額……兄弟，想不到我們真是命大，這樣都死不了。現在幾點了，我們趕得上最後航班嗎？」林春生揉著還隱隱作疼的臉坐起來問道。

「趕得上，飛船十分鐘以後開，不過春生你只能一個人先走了，這些東西送你留個念。」鄭海濤說著將自己攜帶的筆記本和手機遞給林春生，眼神中竟是依依不捨之情。

而此刻林春生還是沒能明白鄭海濤的意思：「怎麼?你不和我一起走，那你要去哪兒?」

鄭海濤幽幽地嘆了口氣，彎腰撿起裝有病毒的試管，把它塞進兜裡說道：「直到這次重回這裡，我才知道小潔原來沒有死，她被當做奴隸帶走了。那些小綠人告訴我，所有外星人中只有坎貝培特人專門喜歡買地球女性用作奴隸，它們的星球在天狼星系，這些綠人朋友答應帶我去那裡找小潔，正好我也可以把這管病毒帶離地球。」

「別傻了！」不等鄭海濤說完，林春生便迫不及待地叫了起來：「你連那個星球在哪兒都不知道怎麼去呀？就算可以，你要去的可是外星球呀，那裡有沒有空氣都另說了，有幾條命夠你折騰的呀！」

但是鄭海濤去意已決，他搖晃著走到通往下方月臺的臺階上，眺望底下還沒有被人類摧毀的左側軌道，那裡停泊著一列磁懸浮快車，直到這個時候還有不少來自各星系的外星人在往車上跑。

「春生你快去趕最後的航班吧，我的航班在這裡。」鄭海濤指著它說：「哪裡有希望我就去哪裡，小潔還活著就是我的希望，在這兒我的親人朋友都死了，就算和你回去我也會每天生活在未能保護好弟弟和尤娜的自責裡，況且我還莫名在中國成為了再逃殺人犯，中國我肯定回不去了。我不怕死，但害怕像囚犯一樣失去自由，美國雖好，但在這裡你永遠只是一個異國人根本不會被接受，在這個世界我已經無處可去了，只有去追尋希望才會讓我有歸屬感，我也是不久前才從綠人那裡得知，原來看似宏大的十八層道西基地只是外星人的一個小小中轉站

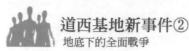

而已，這些磁懸浮軌四通八達早已覆蓋了南北半球，它們最大的據點在俄羅斯的新西伯利亞地下，那裡有定期開往宇宙各星系的航班，我要先去那裡，再想法搭乘飛船去坎貝培特人的星球找小潔。在道西基地經歷了這麼多，我早已將生死看淡，所以就算前方等待我的是死亡我也無悔。春生，你保重吧。」

說到這兒鄭海濤朝小綠人們招招手，五個小綠人圍過來牽起鄭海濤的手，簇擁著他向臺階下走去。望著他們逐漸遠去的背影，林春生張了張嘴最終什麼也沒說出來，但他的眼眶濕潤了。他看著鄭海濤在小綠人們的陪同下登上列車，才毅然轉身奔赴自己的最後航班。

後記

一九七九年7月16日，一架升降梯從道西基地呼嘯著向地面升去，雷德蒙舉著被打斷手指處，仍在冒藍煙的手掌，靠在護欄一側大口大口地喘著氣，「傑夫……好難受，快把我扶起來。」他艱難地朝一旁救他上來的士兵求助道，被稱作傑夫的士兵走上前剛把雷德蒙拉起，升降梯突然一陣劇烈搖晃，雷德蒙沒站穩又一屁股坐回地上。就在這時一支密封的試管從他褲兜裡蹦了出來，傑夫見狀大駭：「雷德蒙！你從那裡帶東西出來了？這是什麼？」雷德蒙沒有理他，伸手拾回試管重新裝進兜裡：「傑夫，有些事你知道地越少對你越好，你的小傑夫今年已經兩歲了吧？希望他可以一直茁壯成長。」

西元前440年中國海南南灣半島，此地風光秀麗景色逸人，山巒連綿不斷，山間怪石嶙峋，獼猴們呼朋引伴，三五成群穿梭於山溪間。就在這時，晴空中突然炸起一聲悶雷，接著竟憑空出現了一個環繞著電流的黑洞，猴兒們見此異像無不爭先逃竄，與此同時一個瘦小的身影尖叫著從黑洞裡彈了出來，直接栽進下方不遠處的石縫裡，那正是悟空。直到空中黑洞消失，猴兒們才壯著膽子從四面圍了上來，悟空費力地從石縫中鑽出，正好與它們打了個照面，還不等它說話，猴兒們便滋哇亂叫著圍著它匍匐成一片，後面還有猴子陸續攜帶著果子從各個方向趕過來，虔誠地把供品放到它腳下就跑，悟空站在怪石上望著下方朝他膜拜的猴群，忍不住昂起脖子絕望地長嘯起來。

距道西戰爭結束一個小時後，鄭海濤乘坐的磁懸浮快列駛達了目的地。自動車門彈開後，鄭海濤捂著受傷的肩膀帶著小綠人們走了下去，呈現在他們面前的是一座宏偉的大型車站，腳下是一個只有2平方公尺大小的正方形月臺，同一行距每間隔100米便設有一處，它們整齊排向遠方一眼望不到盡頭，車站的牆壁上嵌滿了五彩斑斕的礦石，在頂層燈光的調和下映得四周金碧輝煌，大廳半空中到處都是用鐳射打出的外星語系，在這些琳琅滿目的字幕下，不同種族的外星人熙熙攘攘融匯在一起，它們一律不分樣貌、身高、體型，在車站裡川流不息。望著眼前這一切，鄭海濤深深地吸了口氣，他知道自己新的征程就要開始了。

國家圖書館出版品預行編目（CIP）資料

道西基地新事件：地底下的全面戰爭 / 戴世軒著.
-- 初版. -- 新北市：大喜文化有限公司, 2021.11
冊；　公分. -- (星際傳訊 ; STU11007)
ISBN 978-986-99109-9-6(第1冊 : 平裝) . --
ISBN 978-626-95202-0-6(第2冊 : 平裝)

857.7　　110016332

星際傳訊 STU11007

道西基地新事件②：地底下的全面戰爭

作　　者：戴世軒
編　　輯：沈柏霖
發 行 人：梁崇明
出 版 者：大喜文化有限公司
登 記 證：行政院新聞局局版台省業字第 244 號
P.O.BOX：中和市郵政第 2-193 號信箱
發 行 處：23556 新北市中和區板南路 498 號 7 樓之 2
電　　話：02-2223-1391
傳　　真：02-2223-1077
E-Mail：joy131499@gmail.com
銀行匯款：銀行代號：050，帳號：002-120-348-27
臺灣企銀，帳戶：大喜文化有限公司
劃撥帳號：5023-2915，帳戶：大喜文化有限公司
總經銷商：聯合發行股份有限公司
地　　址：231 新北市新店區寶橋路 235 巷 6 弄 6 號 2 樓
電　　話：02-2917-8022
傳　　真：02-2915-7212
初　　版：西元 2021 年 11 月
流 通 費：新台幣 360 元
網　　址：www.facebook.com/joy131499
ISBN：978-626-95202-0-6